KB078194

# 말년 병장, 이등병 되다!

에바트리체 장편 소설

FUSION FANTASTIC STORY

# 말년병장, 이등병 되다! 2

에바트리체 장편 소설

초판 1쇄 찍은 날 § 2014년 5월 12일
초판 1쇄 펴낸 날 § 2014년 5월 19일

지은이 § 에바트리체
펴낸이 § 서경석

편집부장 § 권태완
편집책임 § 박은정

펴낸곳 § 도서출판 청어람
등록번호 § 제387-1999-000006호
등록일자 § 1999. 5. 31
어람번호 § 제1-1848호

주소 § 경기도 부천시 원미구 부일로 483번길 40 서경B/D 3F (우) 420-822
전화 § 032-656-4452 팩스 § 032-656-4453
http://www.chungeoram.com
E-mail § chungeorambook@daum.net

ISBN 979-11-316-9022-2 04810
ISBN 979-11-316-9020-8 (세트)

# 말년병장, 이등병되다!

2

엄빠리쳐 장편 소설

FUSION FANTASTIC STORY

THE SERGEANT

KOREA 8rd
ARTILLERY BRIGADE

도서출판
책람

# CONTENTS

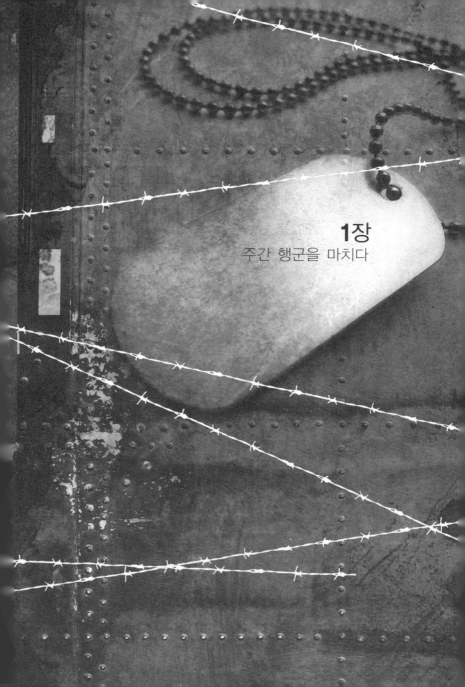

# 1장
주간 행군을 마치다

다이나와 마주 선 앨리스.

예상치 못한 두 존재가 지금 도훈의 눈앞에 전면으로 응시하고 서 있다.

이곳에서 만나서는 안 될 앨리스와 다이나.

그중에서 먼저 입을 연 쪽은 다름 아닌 앨리스의 직장 상사 다이나였다.

"앨리스, 지금은 근무 시간 아니니?"

"…점심시간인데요."

"11시 52분. 점심시간이라고 착각하기 딱 알맞은 시간이지."

"고, 고작 8분 차이잖아요!"

"8분이면 기본 수면 5분에 간단한 스트레칭 1분, 그리고 업무일지 작성 2분 등 많은 일을 해낼 수 있는 시간이라는 걸 모르는 거니?"

"으…….."

질렸다는 표정으로 다이나를 응시하는 앨리스가 말싸움부터 지고 들어가기 시작한다.

그러나 도훈은 두 여자의 말싸움이 어떻게 되었든 아무렴 어떠냐는 식으로 대화에 끼어든다.

"기껏 거짓말로 회유하고 있었는데 이제 와서 초를 치는 이유가 뭐냐, 앨리스?"

"…심경의 변화."

"무슨 뜻이야?"

"여자의 마음은 갈대라며. 언제든지 변할 수 있는 거 아니야?"

"좋은 것 좀 보고 배워라. 여자라고 무턱대고 이상한 것만 보고 배우지 말고."

이러다가 샤넬 백이라도 사달라고 졸랐다간 큰일 날 기세라며 가볍게 혀를 찬다.

우리나라는 드라마가 여자들 다 망친다는 생각이 강해서 그런지 도훈은 가급적이면 앨리스에게 드라마도 보지 말라고

충고해 주고 싶었지만 그렇게까지 상황이 여유로운 건 아니다.

"거짓말을 했다는 게 모두 폭로되었네."

다이나의 표정이 더욱 일그러지기 시작한다.

단아하고 고운 얼굴이 찡그러지며 더더욱 살기 돋는 분위기가 연출된다. 도훈조차도 지레 겁을 먹을 뻔했으니까 말이다.

"너희 둘은 중대한 실수를 범했어. 그러니까 여기서 그 오류를 바로잡아 주지."

"웃기고 있네. 실수는 내가 아니라 이 여자 혼자서 했다니까!"

앨리스의 머리 위에 오른손을 올린 도훈이 자신의 입장을 강력하게 어필하지만, 다이나의 귀에는 그런 게 들어오지 않는 모양인지 오른손을 수평으로 뻗는다.

그러자 가녀린 팔이 거대한 장검의 형태로 변하기 시작한다.

파지지직!!

강력한 스파크와 동시에 기이한 형태의 장검으로 변해 버린 오른팔을 앨리스에게 겨누고 뛰쳐나가는 다이나.

"나쁜 아이에게는 벌을 줘야겠지!"

그대로 거대한 검이 스르릉 소리를 내며 갈대밭을 서걱 쓸어버린다.

그와 동시에 앨리스의 양손에도 스파크가 튀며 기다란 곤봉 비슷한 무기가 소환된다.

"그렇게 히스테리를 부리니까 남자 친구가 안 생기는 거예요!"

"뭐, 뭐라고?!"

콰과광!!

곤봉과 장검의 충돌!

폭풍이 그녀들을 중심으로 몰아치기 시작하자 도훈도 두세 걸음 뒤로 물러날 수밖에 없었다.

근처에 훈련병 동기들이 행군 뒤 달콤한 휴식을 취하고 있음에도 불구하고 아랑곳하지 않고 열렬히 전투를 벌이기 시작한 상관과 부하 직원.

"이게 말로만 듣던 하극상이라는 건가?"

어이가 없다는 시선으로 두 여자의 싸움을 바라보는 도훈이지만, 애초에 도훈의 존재감은 이미 머릿속에서 잊힌 듯 고래고래 앨리스에게 소리치는 다이나의 목소리가 쩌렁쩌렁 울린다.

"이게 애인 없는 것하고 무슨 상관이라는 거야?!"

"무턱대고 그렇게 성질부터 부리니까 남자들이 기겁하고 도망가잖아요!"

"그러는 너야말로 남자 친구도 없는 주제에 감히 나한테 그런 소리를 해?!"

치열하게 싸우는 두 여자지만, 전투에 비해 대화 내용은 실로 보잘것없기 짝이 없다.

남자 친구가 있느니 없느니, 왜 없다고 투정 부리느니 하는 내용들로 저런 판타스틱한 장면을 연출할 수 있다는 게 도훈의 입장에서는 놀랍고도 어이가 없다.

한편, 곤봉으로 다이나의 장검과 치고 박던 앨리스가 장검을 강하게 튕겨내면서 살짝 달아오른 얼굴로 외친다.

"전 남자 친구 있어요!"

"거짓말하지 마! 그건 회사 사람들도 다 알고 있어!"

"거짓말 아니에요! 도훈이 제 남자 친구인걸요!"

아니, 그거야말로 거짓말 중의 거짓말, 킹 오브 거짓말이라고 할 수 있다.

무엇보다도 남자 친구로 지목받은 당사자 도훈이 고개를 절레절레 흔들며 강하게 부정하고 있지 않은가.

"다이나, 앨리스에게 새로운 별명을 선사해 줘. 거짓말쟁이라고."

"너무해! 나의 고백을 뭐로 들은 거야?!"

"고백 같은 소리 하고 있네. 하다못해 정상적인 인간이라면 모르겠다만, 괴생명체와 사귈 의향은 없다고."

"이래 봬도 길거리에 다니면 최소 다섯 번 이상 사귀어달라고 고백 받는 나인데도?!"

"그거야 그 사람들이 네가 인간이 아닌 줄 모르고 그런 거고. 애초에 정체를 다 알고 있는 내가 그런 고백을 받아줄 이유가 없잖아."

"그, 그럼 받아줄 때까지 고백할 거야!"

"…하아!"

말이 안 통하는 여자다.

물론 앨리스가 정상적으로 말이 통하는 여자였다면 도훈이 이 고생도 안 할 것이다.

앨리스의 귀여운 고백에도 불구하고 일단 이 전장부터 해결해야겠다는 생각에 도훈이 다이나를 부른다.

"야, 직장 상사! 주변에 사람들도 많은데 일단 좀 진정해야 하지 않겠냐?"

"……."

앨리스와의 대치 상황을 잠시 무른 다이나가 다시 오른손을 원래의 가녀린 여성의 팔로 되돌린다.

그리고서 미세하게 흐트러진 금발의 숏커트를 정돈하며 헛기침을 한다.

"에헴. 꽤나 이성적인 판단을 하는군. 인간 주제에 마음에 들었어."

"내가 이성적인 판단을 하는 게 아니라 니 성격이 불같은 거야."

"시끄러워. 그나저나 왜 앨리스를 알고 있으면서 나에게 거짓말을 해왔지? 거짓말쟁이란 별칭은 앨리스보다도 너한테 더 잘 어울릴 거 같은데."

"내가 군 생활 2년을 보내는 대가로 앨리스가 소원을 들어주기로 했으니까."

"고작 소원 하나로 2년의 군 생활을 보내는 거야?"

"그 소원이 어떠한 소원으로 변하느냐에 따라 그 가치가 달라질 수도 있지."

한 번의 고생으로 일확천금을 손에 쥘 수도 있다. 도훈의 머릿속은 이미 거기까지 계산되어 있다.

군 생활을 마치고 나서 남자의 인생이 끝나는 것은 아니다.

오히려 사회에 나가면 더더욱 고달픈 취업난, 회사생활, 결혼, 그리고 가장으로서의 인생이 널려 있다.

얼마나 괴로우면 남자들은 간혹 군대 시절을 그리워할 때도 있다.

사회란 그만큼 군대보다도 더 가혹한 시간이기에 도훈은 미리 그 난관을 극복하기 위한 초석을 깔아놓고 싶은 것이다.

그리고 기왕이면 후회가 남는 군 생활을 보다 더 보람차게 바꿀 수 있는 절호의 찬스일지도 모르기 때문이다.

"이상한 생각을 하는 인간이로다."

도훈의 생각이 이해가 안 된다는 듯 팔짱을 낀 채 의구심을 가진다.

다이나, 그리고 앨리스는 인간의 감정을 이해하지 못한다.

예외적인 케이스로 앨리스가 도훈에게 호감을 가지게 된 것은 상당히 의외지만, 어쨌든 기본 구조 바탕이 다른 생물이니까 말이다.

앨리스가 도훈에게 되물었던 후회라는 말을 다이나 또한 이해하지 못하겠다는 표정이지만, 그녀도 나름 할 말이 있는지 도훈에게 말한다.

"그래도 이건 차원관리자로서 넘어갈 수 없는 일이야. 결국 앨리스가 커다란 실수를 저지른 건 변함이 없으니까."

"……."

시무룩한 표정으로 돌아오는 앨리스.

다이나의 말이 100% 맞다. 도훈이 이 세계로 넘어오게 된 일, 그리고 2년의 군 생활을 다시 하게 된 일, 심지어 방금 전까지 다이나와 앨리스가 서로 무기를 맞대고 싸운 일까지.

근본적인 원인은 앨리스의 업무 실수.

인턴 과정인 앨리스에게 있어서 커다란 마이너스적 요소가 되는 것임은 틀림없다.

그러나 도훈의 생각은 다르다.

"아니, 이건 업무 실수가 아니라 일종의 계약이야."

"계약… 이라고?"

"그래. 앨리스가 제안한 일에 대해 나는 승낙했고, 앨리스 역시도 동의했어. 즉, 청약과 승낙이 오고 간 계약이란 형태지."

"그 말에 대해서는 상당히 많은 오류가 있다는 건 너 역시도 잘 알고 있겠지?"

"과정이 어찌 되었든 결과만 좋으면 되잖아. 안 그래?"

"…앨리스를 감싸는 거야?"

"그런 생각도 조금 있고, 여태 파트너로 활동해 온 녀석인데 괜히 나 때문에 잘리기라도 한다면 불쌍하잖아."

"쳇. 닭살이야 정말."

뒤에서 앨리스가 눈동자를 반짝이며 도훈에게 기습 팔짱 끼기를 시도한다.

"역시 내 남자 친구다워! 사랑해~"

"사랑은 개뿔. 좀 떨어져라, 괴생명체!"

"싫어, 싫어, 싫어! 오늘은 절대로 놓아주지 않을 거야! 재우지 않을 거야! 가서 우리의 사랑을 서로 확인하자고!"

"야, 다이나, 이 녀석 좀 빨리 끌고 가! 귀찮아 죽겠어!"

어쩔 수 없다는 듯이 앨리스를 강제적으로 도훈에게서 떼어놓은 다이나가 살짝 짜증난다는 얼굴로 앨리스의 볼을 꼬집는다.

"아야얏!"

"누구 앞에서 애인 있다고 자랑질이야? 그러다가는 확 빼앗기는 수가 있어."

다이나의 선전포고 또한 매우 무섭다.

도훈은 제발 그런 마음먹지 말고 너희가 살고 있는 세계로 얌전히 돌아가라고 말해주고 싶었지만, 그런 기회조차 주지 않고 사라락 모습을 감춰 버리는 두 여자.

뒤늦게 후폭풍의 소리를 듣고 달려오는 조교들의 모습을 보며 도훈은 아직도 파란 겨울 하늘을 올려다본다.

"이런 빌어먹을 내 인생."


결국 앨리스와 다이나의 충돌 사건은 어찌어찌 거짓말로 잘 받아넘긴 도훈은 이제 마지막 한 시간 주간 행군 일정을 소화하기 위해 전투화의 끈을 더더욱 꽉 졸라맨다.

"조금만 더 힘내자! 프와아아이티이잉!!"

"프와아아이티이잉!!"

2중대 중대장 특유의 괴상한(?) 파이팅 구호와 함께 시작된 마지막 코스. 작은 다리를 넘어서 부대로 복귀하는 일만 남았다.

"드디어 마지막이구나!"

철수가 환호를 하며 벌써 비어버린 수통을 들고 소리친다. 그러자 바로 지적이 들어오는데.

"124번 훈련병, 벌써부터 정신줄 놓는 겁니까."

"죄, 죄송합니다."

우매한 조교가 철수를 째려보며 나지막이 말한다.

"복귀하는 그 순간까지가 행군 훈련입니다. 멋대로 혼자 들뜬 기분 표출하지 않습니다. 알겠습니까."

"옙, 알겠습니다!"

"마지막까지 최선을 다합니다. 한 명의 낙오자도 없이 복귀할 수 있도록 2중대, 서로 격려하며 끝까지 갑니다. 파이팅!"

"파이팅!"

지친 기색조차 보이지 않으며 오히려 훈련병들을 독려하는 우매한의 말에 모두가 파이팅을 외친다.

아무리 총을 메고 있지 않다고는 하지만 그래도 땀 한 방울 흘리지 않고 처지는 훈련병이 있나 없나 수시로 왔다 갔다 하며 상황을 파악하는 능력은 우매한이 조교로서 A급이라는 사실을 여실히 보여준다고 할 수 있을 것이다.

'나도 저렇게는 못하겠는데.'

분대장을 달았던 도훈은 자신의 분대원들을 챙기는 것도 벅찼는데, 우매한은 전체적으로 탁 트인 시야를 유지하며 훈런병들의 상태를 하나하나 체크한다.

말 그대로 조교를 위해 태어난 사나이.

게다가 시원스러움과 자신의 약한 부분을 인정할 줄 아는 용기도 지닌 남자다.

20대 초반임에도 불구하고 저런 타입의 남자는 사회에서도 보기 힘들다. 그렇기에 도훈은 우매한을 매우 높게 평가하고 있다.

'저런 녀석이 내 후임으로 들어왔다면 정말 편할 텐데.'

개인적으로도 매우 탐나는 A급 후임, 그것이 바로 우매한이다.

훈련소를 퇴소할 때 전화번호를 교환하며 형, 동생 사이로 지내볼까 하는 생각이 들 정도로 인간성도 좋고 착하다.

물론 물어본다고 전화번호를 알려줄 것 같은 사람으로는 보이지 않는다.

'그래도 일단 물어는 봐야겠지.'

그렇다고 정말 사회에 나가서 볼 수 있을지에 대해서는 미지수지만 말이다.

그렇게 잡생각을 하면서 터벅터벅 걸어가는 사이,

"다 왔다!!"

부대 입구를 보자마자 소리친 것은 다름 아닌 철수다.

드디어 고생고생해서 겨우 도달한 부대 입구가 보인다.

철수는 모를 테지만 도훈은 다이나와 앨리스의 혈투까지 겸해서 꽤나 힘들었던 주간 행군이었다.

훈련병들이 연병장에 모여서 주간 행군 복귀 신고를 하고, 대대장이 만족스러운 표정으로 강단에 올라선다.

"오늘 우리 부대의 행군에 한 명의 낙오자도 없이 무사히 마무리 지은 것에 대해 박수!"

짝짝짝!

뭔가 해냈다는 듯한 눈빛으로 바뀐 훈련병들이 대대장의 명령에 따라 열렬히 박수를 치기 시작한다.

중대장들 역시도 한 명의 낙오자가 없어 대대장의 만족스러운 미소를 보고 가슴을 쓸어내리며 자축의 시간을 가진다.

"이 대대장은 이번 기수에게 있어서 많은 기대를 가지고 있다! 특히 사격 만발과 동시에 수류탄 훈련에서 벌어진 사건을 미연에 방지한 123번 훈련병에게 큰 기대감을 가지고 있는 바이다!"

"오, 이도훈."

철수가 대대장이 지목한 인물이 도훈임에 부러움을 가득 담은 야유를 보낸다.

반면, 묻혀가는 군 생활이 철칙이었던 도훈은 벌써부터 대대장의 주목을 받기 시작한 탓에 절로 한숨이 나오기 시작한다.

훈련병이라 그나마 여기서 더 이상의 무언가가 나오지 않을 뿐이지 만약 도훈이 자대에 있는 일반 사병이었다면 온갖 불편한 상황이 따라왔을 것이다.

잘한다 잘한다 칭찬 받는 건 마냥 좋은 일이 아니다. 잘하는 만큼 그에 대한 일거리가 우수수 떨어진다.

훈련소로 한정을 지어 보자면 아마도 조교로 차출될 가능성도 없지 않다.

'그건 안 돼지!'

도훈의 목적은 원래 자신이 있던 자대로 들어가는 것이다.

155㎜ 견인곡사포 포병!

6.25 때 활약하던 에이스 견인포지만, 지금은 자주포에 밀려 그 부대의 수가 점점 줄어들고 있다.

게다가 전곡, 연천 지역이라서 전방 지역에 위치한 부대다.

교통편도 안 좋을뿐더러 외박을 나와도 할 게 없는 지역이기도 하다.

그러나 도훈이 자신의 원래 있던 부대에 들어가고자 하는 이유는 다름이 아닌 '사전 기억' 을 가지고 있기 때문이다.

본래 있던 부대에서 가지고 있는 기억을 토대로 잘만 활용한다면 도훈은 편안한 군 생활을 할 수도 있다.

하지만 재수없게 조교로 선정된다면 말 그대로 군 생활을 처음부터 다시 하는 꼴이 된다.

'이건 다이나와 상의해 봐야 되나.'

앨리스는 못 미더운 구석이 있다.

이럴 때는 약간 노처녀 히스테리가 있긴 하지만 그래도 똑똑하고 사무적인 다이나에게 물어보는 것이 좋을 듯싶다.

약간 억지이긴 하지만 다이나도 앨리스와 도훈이 일종의 '계약' 형태로 지금과 같은 생활을 하게 되었다는 사실을 인정하게 된 꼴이고, 더 이상 차원관리국에 숨길 필요가 없어졌다.

앨리스와 다이나의 일이 일단락된 시점에서 해결해야 할 것은 이제 어떤 식으로 무난하게 2년의 군 생활을 보내느냐이다.

＊　　　＊　　　＊

주간 행군 종료식을 마치고 오랜만에 훈련병들에게 부여된 샤워 시간.

"크으~! 역시 한겨울에는 따뜻한 물에 샤워가 최고지!!"

해가 저문 탓에 날씨도 더더욱 추워졌다.

이 틈을 타 저녁 식사를 마친 훈련병들에게 주어진 샤워 시간에 도훈과 철수는 부대 내에 있는 작은 목욕탕에서 몸을 녹이고 있는 중이다.

덩치가 산만 한 철수와 그에 비해 왜소하지만 잔 근육이 붙어 있는 다부진 체격의 도훈이 나란히 서서 각자 샤워기 하나씩을 차지하고 피로에 쌓인 몸을 푼다.

"진짜 따스하네. 이게 바로 천국이라는 건가."

철수가 샴푸 거품이 가득 묻은 빡빡머리를 문지르며 부대 내에 위치한 소규모 목욕탕을 향해 감사를 표한다.

본래는 간부들이 이용하는 곳이지만, 간혹 이렇게 훈련병들이 사용하는 경우도 있다.

병사들이 따로 이용할 수 있는 샤워실의 공간이 한정되어 있기 때문에 간부 샤워실까지 빌리게 된 것이다.

그리고 이번 기수는 대대장이 말한 그대로 이도훈이라는 특출 난 존재 덕분에 가능한 일이다.

기분이 좋아진 대대장은 간부 샤워실까지 훈련병들에게 일시적으로 빌려주라는 명을 내렸다.

그 덕분에 몇몇 훈련병은 좋은 시설에서 샤워를 하게 된 것이다.

이것도 다 얼핏 보면 이도훈의 성과라고 할 수 있다.

"난 너와 군 생활을 하게 된 점에 대해서 영광으로 생각한다네, 절친."

뜨거운 온탕 안에서 철수의 손이 도훈의 등을 찰싹인다.

그러자 노골적으로 싫다는 표정을 지으며 도훈이 철수의

손을 내려친다.

"난 게이 아니니까 건들지 마라."

"무슨 헛소리를! 난 엄연히 여친이 있는 남자라고!"

잠시 잊고 있었는데 저렇게 보여도 철수는 여자 친구가 있는 몸이다. 게다가 잘나가는 미인 여사원과 사귀는 중.

차도 있는 터라 자대 배치만 되면 거의 매주 면회를 오고 싶다고 했다며 자랑을 늘어놓는다.

"좋겠다. 그렇게 열렬히 찾아올 여친 있어서."

"도훈이 너는 없는 거야?"

"뭐가?"

"여자 친구."

"저번에도 말했잖아. 무적의 솔로부대라고."

"그래도 너처럼 리더십 있는 남자면 여자가 한두 명 정도는 꼬일 거 같은데. 적어도 훈련소에서 본 너의 모습은 남자인 내가 봐도 멋있다는 생각이 들 정도니까."

"……."

사실 도훈이 입대하기 전에도 이런 타입의 남자는 아니었다.

어찌 보면 철수처럼 어중이떠중이마냥 특별히 장점도 없는 평범한 청년이라고 표현하는 게 정확할지도 모른다.

군대가 도훈을 바꿔놓았다 해도 과언이 아니다.

남자는 군대를 갔다 오면 철이 든다고 하지 않는가.

도훈은 군대만 벌써 두 번째다. 철이 들고도 남을 횟수라고 당당히 말할 수 있다.

그래서 앨리스가 자신에게 열렬한 고백을 보내오는 것일까.

'설마… 지금의 난 전역만 하면 여자 친구를 곧장 만들 수 있을 정도의 매력남으로 성장한 것인가?'

자신의 변화는 자신이 가장 눈치채기 어려운 법이다.

제3자의 시선에서는 도훈이 얼마나 많이 성장했는지 보일지도 모르지만, 도훈 스스로가 그 사실을 깨닫기에는 많은 시간을 요한다.

"좋아, 100일 휴가 때 내가 직접 여자를 꾀어보겠다!"

"소개 받기로 한 건?"

"그것도 받고!"

"욕심쟁이구만. 근대 우리가 같은 부대로 가야 휴가도 맞춰서 나갈 수 있지 않아?"

"흐음."

그것도 문제다.

본래의 세계에서는 철수와 도훈은 같은 부대로 가지 않았다.

하지만 그렇다고 이번 차원에서도 똑같은 결과가 나올 거라곤 도훈도 생각하지 않는다.

　다르게 흘러가는 시간의 굴래 속에서 과연 철수와 도훈이 같은 자대로 배치 받을 확률이 몇이나 될까.

　'그것도 다이나에게 물어봐야 하나.'

　다이나에게 물어볼 것만 벌써 두 개째.

　그렇다고 다이나가 순순히 도훈의 질문에 답해줄 거라고는 본인도 생각하지 않는다.

　그래서 샤워를 마치고 곧장 아무도 없는 곳에 가서 다이나를 소환하자, 그녀의 답변은 대략 이러했다.

　"그건 간단해."

　취침 시간에 화장실에서 다이나를 불러낸 도훈의 귓가에 아주 상쾌하고 명쾌한 답변이 들려왔다.

　숏커트의 금발 미인 다이나는 살짝 틀어진 안경을 다시 고쳐 쓰며 뭔가 잘못됐냐는 듯 얼빠진 반응을 보이는 도훈에게 지적을 한다.

　"내가 말실수라도 했어?"

　"아니. 너무 간단하게 인정해 버리기에."

　"어려운 일은 아니야. 시간의 왜곡 정도는 차원관리국으로서는 간단한 업무에 속하니까."

　"내 멋대로 앞으로의 루트를 정해도 되는 거야?"

　"넌 모르겠지만 앨리스의 실수는 이미 차원관리국에 널리 알려지게 되었어. 본래는 인턴도 잘리고 동시에 법적인 처벌도 받아야 했지만, 당사자인 네가 계약이라는 단어를 꺼냈기 때문에 사무국도 예외를 인정하기로 했거든."

"그래서 앨리스는 안 오고 너 혼자 온 거냐?"

본래는 다이나를 소환했지만 앨리스가 올 거라 생각한 도훈의 예상과는 다르게 다이나가 직접 모습을 드러내서 솔직히 도훈의 입장에서는 조금 놀랐다.

게다가 업무 때문에 바쁘다고 칭얼거리던 노처녀께서 친히 등장할 줄이야.

"앨리스는 뒤처리 때문에 오늘은 내가 대신 왔어. 그리고 사무국에서는 이번 기회를 통해 새로운 연구를 하고 싶은 모양인가 봐."

"연구?"

"다른 차원에서 건너온 인간의 정신체가 또 다른 차원에서 적응을 잘할 수 있을 것인지에 대한 연구. 일종의 프로젝트지."

"차원관리국이라는 곳이 그런 연구도 하냐?"

"부수적인 차원이지. 그래서 앞으로 너를 서포터하게 될 차원관리자가 3교대로 매번 네 행태를 감시하며 너를 전력으로 서포터할 예정이야."

"가만, 3교대라면……."

골똘히 생각할 필요도 없이 도훈이 답을 내기도 전에 먼저 선수를 치는 다이나.

"나와 앨리스, 그리고 또 한 명의 차원관리자가 올 예정이 야."

"정체 모를 괴생명체가 또 추가된단 말이지."

기뻐해야 좋을지 슬퍼해야 좋을지 판단이 안 서는 도훈의 머릿속은 점점 더 복잡해졌다.

이도훈의 3교대 서포터는 그렇다 치고, 다이나의 말에 의 하면 도훈이 최대한 환경에 적응할 수 있도록 서포터를 해주 겠다는 건 좋은 소식 중 하나다.

앨리스가 도훈에게 내건 소원 하나를 아끼면서 동시에 차 원관리자들에게 무언가를 부탁할 수 있다는 건 적어도 손해 는 아닐 것이다.

"아, 누차 말하지만 소원 형식은 안 된다고. 예를 들자면, 먹을 걸 사야 하는데 돈이 없다고 돈을 달라거나, 아니면 바 깥에 나가고 싶다고 4박 5일 포상 휴가권을 달라고 하는 그런 무차별적인 부탁은 들어주지 않을 거야."

"서포터의 기준이 어디까지인데?"

"상식적으로 가능한 범위."

"나와 철수가 같은 부대로 배치되게끔 하는 것도 상식적으 로 가능한 범위 안이야?"

"너희 둘이 같은 부대에 배치되게끔 조작하는 건 어렵지 않아. 하지만 어디까지나 방법만 간단할 뿐이지 실행은 불가능해."

"이유가 뭔데?"

"인과율 수치 안에서 조작 가능한 일은 할 수 있지만 그 수치를 넘어가는 일은 위험하니까."

"그럼 난 철수랑 같은 부대가 결국 안 된다는 뜻이잖아?"

"그건 몰라. 미래의 일은 우리도 모르니까. 차원관리국 국장님만 미래를 알 뿐, 내가 차원관리자라 해도 미래까지 아는 건 아니야. 그래서 너와 철수라는 인간이 같은 부대로 배속되게 해도 그게 인과율 안정 수치 안에 드는지 모르기 때문에 해줄 수 없어."

"흐음."

분명 서포터의 존재는 도훈에게 피해를 입히는 건 아니다.

상식적으로 가능한 범위라는 게 기준이 모호해서 잘 모르겠지만, 여하튼 적어도 피해를 준다는 건 아니니까 그리 신경쓸 이유는 없다.

하지만 그와 동시에 도훈의 가설이 사실로 들어맞게 되었다.

지금 있는 현재의 차원과 도훈이 건너온 원래의 차원은 미래가 다르게 흘러간다.

그렇다면 도훈이 가지고 있는 2년 동안의 기억이 쓸모가 없는 순간도 많을지 모른다.

기억 보존이라는 메리트를 지니고 155㎜ 견인곡사포 부대로 가려 했지만, 만약 2년 동안의 기억이 무용지물이 된다면 의미가 없지 않은가.

"어렵군."

그렇다고 전혀 쓸모가 없진 않을 것이다.

대략 3주 동안 현재의 차원에서 생활해 온 결과, 도훈이 원래 있던 차원과 다르긴 하되 크게 다르진 않다는 게 도훈의 자체 결론이기 때문이다.

"애매하구나."

"그래도 너 정도의 잔머리를 지니고 있는 남자라면 이러한 상황에서도 잘 극복해 나갈 거라고 생각하는데."

숏커트의 금발 미인이 팔짱을 끼고서 도훈을 지그시 응시한다.

"이래 봬도 난 너를 높이 평가하고 있으니까."

"너도 나한테 반했다는 소리냐?"

"무슨 헛소리야. 아무리 내가 노처녀… 됐어. 말을 말자. 여하튼 사무국에서 일하면서 오랫동안 많은 인간을 봐왔는데 너만큼 머리가 잘 돌아가는 인간도 드물었어."

"학업 성적은 별로 좋지 않았는데."

"잔머리와 학업은 별개니까."

실로 모범적인 답안이라 할 수 있다.

"한 가지 더 질문해도 되냐?"

"답변 가능한 범위 내라면."

"너희는 성별이 없다며. 그런데 노처녀라는 건 무슨 뜻이야?"

"…앨리스한테 사무국에서 인간 여성 놀이가 유행한다는 건 들은 적 있지?"

"뭐… 그런 적은 있지."

"다른 녀석들은 여성의 모습으로 인간 남자에게 무수히 고백 받고, 심심풀이로 남자 친구란 존재도 사귀고 있는데 나만 없어서 그런 별명이 붙은 거야. 짜증나게시리."

"그건 좀 의외인데?"

"뭐가?"

"너 같은 미인이 왜 노처녀야. 남자들이 보는 눈이 없구만."

"시끄러워. 사탕발림은 나한테 안 통해."

말은 그렇게 하지만 은근슬쩍 얼굴이 빨갛게 달아오른 다이나의 반응을 보며 도훈은 속으로 의외로 귀여운 면도 있다는 생각을 했다.

차원관리자 3인방.

일명 '이도훈 서포터즈'.

그중 세 번째 멤버는 아직 얼굴조차 본 적 없지만, 분명 앨리스나 다이나 급으로 이상한 여자임은 틀림없을 것이다.

주말의 피로를 눈 녹이듯 뜨거운 물로 모두 씻어내고 난 뒤 찾아온 지옥의 훈련 마지막 주차.

각개전투, 야외숙영, 그리고 야간 행군!

공포의 3인방이 어깨를 떡 벌리고 버티는 와중에 우리의 불쌍한 훈련병들은 아무것도 모른 채 또다시 월요일 아침을 맞이하게 되었다.

웃통을 벗고 차가운 겨울 안개를 온몸으로 맞이하며 열심히 연병장을 뛰고 난 이후 아침 식사.

오랜만에 나온 군데리아를 마음껏 섭취하고 나자 훈련병들의 귓가에 불호령처럼 떨어진 명령은 다음과 같다.

"전원, 단독군장 차림으로 집합!"

"집합!"

오늘 행할 훈련은 각개전투.

PRI와는 다른 차원에서 피 터지고 이 갈리는 전설의 훈련이다.

각종 포복 자세로 훈련병들의 팔꿈치와 무릎, 허벅지, 기타 신체에 온갖 피해를 입힐뿐더러 정신적으로 피폐하게 만드는 효과를 창출하는 훈련 중 하나다.

특히나 포복 자세는 훈련병의 입장에게 있어서는 지옥과도 같기에 2생활관 훈련병들은 포복 대처 장치를 만드느라 여념이 없다.

"대충 이렇게 해두면 안 아프겠지?"

두꺼운 겨울 양말을 팔꿈치와 무릎으로 감싼 철수가 자신이 해도 잘했다는 듯이 도훈에게 선보인다.

그러나 도훈은 철수의 어설픈 보호구 장비에 혀를 내두르며 한심하다는 눈초리로 말한다.

"한눈에 봐도 포복 도중 밑으로 흘러내리겠구만."

"그래도 나름 잘했다고 생각했는데, 아닌 거야?"

"당연하지, 인마. 그렇게 허술하게 만들었다간 괜히 짐만 되는 꼴이라고."

"그럼… 어떻게 해야 하나."

"이번만큼은 네가 알아서 해. 맨날 나한테 기대지 말고."

도훈의 냉정한 거절에 살짝 실망의 눈동자를 보이는 철수.

덩치도 큰 녀석이 저렇게 순한 표정으로 쳐다보니 도훈도 뭐라 할 말이 없다.

반면, 다른 훈련병들은 아주 만반의 태세를 갖추고 있었다.

양말의 발가락 부분을 잘라내서 토시 형태로 만든 뒤 팔꿈치로 두세 겹 끼워 넣는 훈련병도 보이고, 어디서 구해왔는지 붕대로 무릎과 팔꿈치 부분을 칭칭 감싸는 훈련병도 보인다.

각개전투에 대한 이야기는 예비역들 사이에서도 유명하다.

PRI는 그 순간만 고생하면 되지만, 각개전투는 PRI 수준 이상의 고통을 선사해 준다.

무성한 자갈밭!

그 밭을 포복 자세로 반복해서 가야 한다고 생각해 보라. 상상만 해도 이미 팔꿈치와 무릎은 시퍼런 멍으로 도배가 된 듯한 착각이 들 것이다.

"나도 양말을 잘라내서 토시로 사용할까."

철수의 말에 먼저 강력한 제재를 가한 것은 다름 아닌 도훈이다.

"찰나의 고통을 참고자 괜히 보급품을 희생시켰다간 부대가 뒤집어지는 악몽이 발생할 게야."

"무슨 뜻이야, 또?"

"보급품 검사라도 나오면 어쩌려고 그러냐?"

"그런 검사도 해?"

"훈련소에서 지급받은 보급품을 제대로 다 가지고 있는지 확인하는 작업이야. 자대에 가면 특히나 많이 하지. 국민의 세금으로 만든 보급품이니 어쩌느니 하면서 한 개라도 없을 시에는 불호령이 떨어진다고. 그것만으로 끝나면 족하지. 내리 갈굼이라는 것도 무시할 수 없다. 한 명이 갈구면 그 아래 녀석이 '내 밑으로 집합!' 이라고 하지. 그리고 나서 또 그 밑의 녀석이 '내 밑으로 집합!' 이라고 하지. 그럼 넌 도합 몇 번의 갈굼을 받을 거 같아?"

"……"

"대충 그런 거야. 괜히 보급품에 상처를 입혔다간 너만 피보니까 가급적이면 보급품을 온전하게 보존하되, 각개전투를 슬기롭게 극복해 나갈 수 있는 방안을 모색하라고."

"그런 게 과연 존재할까?"

"인마, 세상에 불가능한 일 따위는 없어. 군 생활 두 번 하는 사람도 있는데."

참고로 그 두 번 하는 사람이 도훈이라는 건 차마 본인의 입으로 말하진 못했다. 어차피 말해도 믿지 않을 테니까.

각개전투를 앞두고 도훈은 어떤 식으로 이번 난관을 헤쳐 나가야 할지 생각해 보았다.

2년 전의 기억을 회상할 필요도 없이 그때 당시의 도훈은 각개전투를 매우 얕잡아봤다.

포복이라는 것이 아파봤자 얼마나 아프겠나 하는 생각으로 각개전투에 임한 도훈은 포복이 시작되자마자 입에서 흐르는 게 침인지 피인지 구분이 안 갈 정도였고, 목은 타들어가듯 말라왔으며, 팔꿈치와 무릎은 제각각 뇌리에 고통이라는 감정을 신호 해오기 바빴다.

그러나 이번에는 다르다.

"보아라, 나의 만능 장치!"

사람은 때로 발상의 전환이 필요한 법.

도훈이 꺼내 든 무언가를 바라보던 철수가 기가 막힌다는 듯이 탄성을 자아낸다.

"너… 진짜 짱이다. 어떻게 그런 생각을 다 하냐?"

"나의 천부적인 잔머리… 가 아니고, 재능 탓이지. 좀 더 칭찬해도 된다, 멍청한 훈련병아."

도훈이 내민 것은 다름 아닌 훈련복 상, 하의. 다만 일반적인 전투복과는 다르다.

각개전투는 땅을 굴러야 하기 때문에 CS복이라는 특별한 전투복을 착용한다.

즉, 진흙탕에 굴러도, 땅에 굴러도, 비를 맞으며 열심히 뛰어다녀도 전혀 무리가 없는 처음부터 더러워진 전투복이라는 의미다.

폐기 직전이지만 사용할 수 있는 군대 물품이라는 이유로 CS복을 활용하는데, 이 복장을 착용할 경우에는 오늘 하루 비 오는 날 먼지 나도록 땅에 구를 준비를 하라는 일종의 마음가짐을 뜻하는 복장이기도 하다.

각개전투 역시도 땅을 구르는 데 특화된 훈련. 그래서 지급된 CS복이지만 도훈은 이 점을 활용했다.

CS복은 일반 전투복과는 다르게 폐급이다.

낡아서 국방색도 잘 보이지 않고 희미하다. 그래서 도훈은 전투복 상의의 팔꿈치와 하의의 무릎 부분 안쪽에 양말을 덧대 꿰맨 것이다.

"이렇게 하면 바느질한 실을 끊기만 하면 온전히 양말을 보존할 수가 있지. 굳이 잘라낼 필요 없이 말이야. 그리고 바느질로 고정을 시켜두면 직접 토시 형태로 착용할 필요도 없이 흘러내릴 걱정도 안 해도 되고. 어떠냐."

"진짜… 이 잔머리의 천재 같으니라고!!"

철수가 탄성을 자아내며 자신의 반짇고리를 찾는다.

도훈의 잔머리의 극치를 보여주는 대각개전투용 재봉 작전이 마음에 드는지 다른 훈련병들도 즉각 자신의 전투복 상, 하의를 개조하는 데 여념이 없다.

"조심해라, 아그들아. 바느질 튼튼히 하고. 잘못했다가 실이 끊어지기라도 한다면 그 순간부터 지옥을 맛볼 게야. 그리고 조교한테 들키지 않도록 실은 흰색으로 해야 한다. 알겠냐?"

"옛썰!"

"좋아! 그럼 재봉 작업 실시!"

"실시!"

도훈의 리드에 따라 훈련병들이 재빠르게 바느질을 시작

한다.

2생활관 특별 각개전투 대치용 전법이 과연 통할 수 있을지에 대해서는 도훈도 장담하진 못한다.

왜냐하면 이번 프로젝트를 발의한 도훈 본인도 실제로 써먹은 적이 없으니까.

실전 경험은 없지만 그래도 할 만한 가치가 있는 작전이다.

보급품을 온전히 보관하면서 동시에 흘러내리지 않아야 하고, 자갈밭을 포복으로 지나도 아무런 신체적 고통을 받지 않을 정도의 쿠션이 필요한 조건을 한 번에 클리어할 수 있는 방법은 이 수밖에 없으니까 말이다.

'덤벼라, 각개전투!'

도훈은 자신도 모르게 이를 바드득 갈기 시작한다.

# 2장
훈련은 전투다. 각개전투!

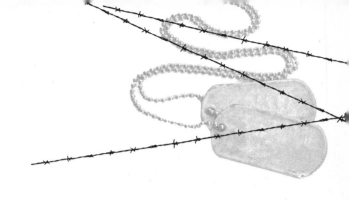

그리고 드디어 다가온 대망의 각개전투 훈련!

"올 것이 왔도다."

도훈의 비장 어린 말과 함께 7조 훈련병들 역시도 마른침을 꿀꺽 삼킨다.

오늘만큼은 7조 인원 전부 하나같이 운명공동체. 조별 활동이 가장 중요한 순간 중 하나가 바로 각개전투다.

분대장은 재수 없게도 이도훈이 당첨.

분대장으로 지목된 순간 도훈의 입에서 '이런, 빌어먹을! 좆같은 군 생활!' 이라는 말이 튀어나왔지만, 결정을 내린 것이 다름 아닌 우매한 조교였기에 뭐라 토를 달 수도 없었다.

다른 조교들에 비해서 유독 FM을 강조하는 우매한 조교. 훈련병들 사이에서는 가장 무섭기로 소문난 조교이기에 뭐라 대들 수가 없었다.

물론 우매한에게 대든 전과를 지니고 있는 도훈이지만, 총기 결합과 각개전투 분대장 지정은 엄연히 다르다.

하라면 해야지. 그게 바로 군대 규율이니까.

"포복에는 세 가지 종류가 있습니다. 바로 낮은 포복, 높은 포복, 그리고 응용 포복입니다."

우매한의 설명에 모두가 귀를 기울이며 시범을 선보이는 조교의 자세를 유심히 관찰한다.

"낮은 포복은 배를 땅에 닿게끔 낮게 엎드린 상태에서 두 팔을 전방을 향해 쭉 뻗은 뒤 팔을 당기면서 발로 밀어 몸을 앞으로 전진시키는 게 낮은 포복입니다. 그리고 높은 포복은 무릎과 팔꿈치를 이용해서 이동하는 포복, 응용 포복은 몸을 측면으로 살짝 튼 뒤 상체를 들고 한쪽 팔꿈치를 지면에 댑니다. 그리고 총은 나머지 한 팔로 잡되 허리 위로 가로지르는 방향으로 잡으며, 이동 시에는 땅에 댄 팔꿈치와 반대편 다리를 이용해서 전진합니다."

낮은 포복과 높은 포복, 그리고 응용 포복 자세를 설명하는 우매한의 지시에 따라 조교가 시범을 보인다.

"포복 자세는 주로 교전 지역에서 신속히 장애물 등을 통과할 때 사용하는 것으로, 이는 전쟁 시 훈련병들의 생명과도 직결될 수 있는 문제이므로 훈련소에서 확실하게 습득하고 갑니다. 알겠습니까."

"예, 알겠습니다!"

"본 조교는 이번 7조에게 거는 기대가 크므로 포복 훈련 역시도 빡세게 갈 생각입니다. 한 명의 낙오자도 없이 모두 무사히 각개전투 훈련을 마치도록 합니다."

"예, 알겠습니다!"

실로 무시무시한 선전포고가 아닐 수 없다.

도훈에 대한 관심은 긍정적인 방향으로 나타날 때도 있지만, 이런 식으로 과도한 관심은 오히려 부작용을 창출하기도 한다.

그래서 도훈의 철칙이 더도 덜도 말고 중간만 가자는 묻혀가는 군 생활이었지만 인생이란 것은 생각만큼 계획대로 흘러가지 않는다.

"그럼 포복 자세를 배웠으니 10분간 휴식한 이후 본격적으로 각개전투에 임하도록 하겠습니다. 10분간 휴식!"

"10분간 휴식!"

'탈모'를 외치면서 방탄모를 벗고 각자 자리에 털썩 앉는 훈련병들의 시선은 이미 각개전투 훈련장에 고정된 지 오래다.

한눈에 봐도 포복 자세로 가면 무릎과 팔꿈치에 피멍이 들 것만 같은 각개전투 훈련장.

괜히 예비역 형들이 현역 동생들에게 각개전투만큼은 만반의 준비를 해야 한다고 했는지 이제야 이해했다는 표정들을 지어 보인다.

각개전투 유경험자인 도훈도 다시 한 번 각개전투의 위엄 넘치는 모습을 보니 절로 혀를 내두르게 된다.

'한 번 경험하긴 했지만 또 한 번은 하고 싶지 않은 훈련 중 상위 랭커가 바로 각개전투인데! 씨발!'

지금 당장 앨리스나 다이나를 불러서 각개전투 훈련에 빠질 수 있도록 도와달라고 요청해 볼까도 생각해 보지만, 다이나가 말한 '상식적인 범위 내'라는 모호한 기준 때문에 포기하고 만다.

그렇다고 이대로 각개전투에 임하기에는 너무나도 억울하고.

"아, 미치겠네."

훈련소 생활 중에서 이 정도로 도훈이 약한 말을 내뱉는 건 철수도 처음 본다.

얼마나 고달픈 훈련이기에 도훈이 이 정도로 앓는 소리를 하는 것일까.

"모르겠다, 씨발! 어차피 한번 저지를 거, 화끈하게 가자고!"

자리를 박차고 일어서며 기합을 넣는 도훈의 뒤를 이어 다른 훈련병들 역시도 휴식시간이 끝났다는 조교의 외침에 반응하며 방탄모를 쓰고선 말한다.

"그래, 오늘 한번 죽어보자!"

"7조 파이팅!!"

"파이팅!!"

"살아서 보자, 씹새끼들아!!"

7조의 우렁찬 외침은 좋았으나, 그에 반응이라도 하듯 우매한의 얼굴은 기묘한 웃음을 지어가고 있다.

일명 켈베로스의 강림!

7조 앞에 선 우매한이 특유의 날카로운 눈매를 빛내며 말한다.

"지옥에 오신 것을 환영합니다, 7조 훈련병들."

꿀꺽.

7조 소속의 여덟 명의 훈련병은 마른침을 삼키며 우매한과 시선조차 마주치지 않으려고 노력한다.

이것이 말로만 듣던 각개전투 교장.

훈련소의 수많은 훈련병의 피와 애환이 서려 있는 교장을 보고 있으니 경건한 마음마저 든다.

왜 이리도 자갈밭이 많은 것일까.

자갈밭 좀 없애주면 정말 좋을 텐데, 자갈밭은 자신의 존재감을 당당하게 드러내고 있다.

"각자 호에 들어가 포복 준비를 합니다. 우선 낮은 포복 자세부터!"

"실시!"

어기적어기적 느린 몸동작으로 자갈밭 위에 엎드린다.

벌써부터 자갈밭의 차가운 기운이 온몸을 강타한다.

한겨울에 차갑게 몸을 얼리고 있는 자갈밭이 훈련병들과 처음 접촉을 일으켰을 때, 우매한의 목소리가 커지기 시작한다.

"낮은 포복 실시!"

"실시!"

천천히 팔을 뻗으며 앞으로 전진, 또 전진!

처음에는 그리 어렵지 않을 것이다.

하지만 시간이 지날수록 팔꿈치가, 그리고 무릎이 비명을 내지르기 시작할 때 피멍이 훈련병들을 반길지어다.

다음 호까지 계속해서 무한 포복 자세. 특히나 포복 중에서도 가장 난이도가 높다고 알려진 낮은 포복만 대략 20분을 했을 무렵,

"사, 살려줘!!"

철수와 다른 훈련병들이 앓는 소리를 내기 시작한다.

물론 도훈도 예외는 아니다.

아무리 양말 꿰매기 장치를 해놓았다 해도 에어쿠션을 통해 약간의 통증만 차단할 뿐이지 그 고통을 전부 100% 막아낸다고 할 수는 없다.

"이런 젠장!! 밀어먹을!! 씨발 좆같은 군 생화아알!!"

2년은 훌쩍 넘은 군 생활을 탓하며 하루 종일 군 생활 욕만 주구장창 하는 도훈.

하지만 이게 끝이 아니다. 고작 포복 동작 중 첫 번째만 했을 뿐이고, 각개전투는 오늘이 끝이 아니다.

내일도 있다.

"오늘은 훈련병들에게 포복을 마스터시키는 것이 저의 임무입니다. 빨리빨리 안 옵니까!!"

"아, 알겠습니다!"

턱까지 차오르는 숨을 헉헉거리며 포복으로 각개전투의 자갈밭을 헤쳐 나간다.

양말로 보호 장치를 해뒀음에도 불구하고 이미 팔꿈치와 무릎에는 감각이 점점 멀어져 간다.

"훈련병들, 점점 속도가 느려지는 거 같아서 한 가지 제안을 하도록 하겠습니다."

아주 편하게 걸어가던 우매한이 7조에게 시련 아닌 시련을 던져준다.

"낮은 포복 자세로 2등까지 들어온 훈련병에게는 특별히

10분간의 휴식을 부여하도록 하겠습니다."

"……!"

"하지만 선착순에 들지 못한 나머지 여섯 명의 훈련병은 본 조교와 계속해서 낮은 포복 반복 훈련을 합니다. 알겠습니까?"

"……."

갑자기 모두의 사고가 정지한다.

7조 훈련병들이 서로 눈치를 보기 시작한다. 가빠오는 호흡, 그리고 빨라지는 눈동자.

"휴식……."

"선착순……."

"무조건 2등 안으로……."

뜨거운 숨결을 토해내며 서로 눈치를 과도하게 보는 훈련병들.

그때, 철수가 번쩍 자리에서 일어서며 외친다.

"이러면 안 돼, 얘들아!!"

흙먼지를 휘날리며 자리에서 벌떡 일어선 철수가 똘망똘망한 눈빛으로 7조 훈련병들을 바라보며 외친다.

"저건 조교님이 우리의 전우애를 시험하려고 하는 거짓말일 뿐이라고! 우리는 전우다, 전우! 포복에서 뒤처지는 전우를 놔두고 혼자서 앞으로 나갈 그런 생각 따윈 군인으로서 최악 아니겠냐!!"

"김철수……."

"너, 이 자식……."

갑자기 한두 명씩 콧물을 훌쩍이더니 감동의 눈물 한 방울을 흘리며 손등으로 눈가를 훔친다.

"그래, 잊고 있었구나."

이도훈 역시도 철수의 연설에 감동을 받았는지 은근슬쩍 자리에서 일어나 방탄모를 고쳐 쓰고 7조 훈련병들을 향해 외친다.

"넘어가지 말자, 아그들아! 우리는 같은 7조라고! 전우다! 전쟁이 나도 절대로 혼자서 살아남기 위해 비참하게 굴지 않는 전우! 알겠냐!"

"도훈의 말이 맞다!"

"옳소!"

"7조 파이팅!! 우리는 무조건 다 같이 출발하고, 다 같이 들어오고, 다 같이 죽음을 택하겠다!"

"프와아아이티이잉!!"

2중대 특유의 파이팅 구호를 외치기 시작하자, 우매한이 어이가 없다는 시선으로 일어선 훈련병들을 향해 외친다.

"꾀부리지 말고 후딱 다시 앞으로 포복합니다."

"옙!"

우매한은 이미 이들의 속셈을 다 파악한 지 오래다.

저렇게 일장 연설을 하면서 은근슬쩍 쉬려고 하다니, 얄팍한 수였지만 우매한도 나름 오랫동안 훈련소에서 조교 생활을 해왔다.

비록 계급은 일병이지만 1호봉만 지나면 상병으로 진급한다.

근 1년을 군 생활로 보냈다 해도 과언이 아니다. 그래서 그동안 수많은 훈련병을 봐왔고, 수많은 잔꾀를 부리는 훈련병 역시도 목격해 왔다.

어쨌든 우매한에 의해 다시 낮은 포복 자세로 돌아간 훈련병들.

우매한의 호루라기 소리에 드디어 시작된 낮은 포복 대회.

철수의 말 그대로 다 같이 출발하고, 다 같이 들어오고, 다 같이 죽자는 말 덕분인지 초반에는 조용히 지나가는 듯했으나,

"이도훈식 군대 생활 철칙 그 세 번째, 나부터 살고 보자!!"

"아닛?!"

초반부터 강하게 치고 나가는 훈련병이 있었으니, 이번 기수를 통틀어 가장 유명한 123번 훈련병 이도훈이었다.

"이 머저리들아! 전우애는 개뿔! 선착순에 전우애가 어디 있냐?! 일단 나부터 살고 봐야지!"

"역시 이도훈! 나와 같은 생각을 했구나! 하하하!"

도훈의 뒤를 이어 곧바로 치고 나간 두 번째 인물은 다름 아닌 철수였다.

전우애를 강조하던 철수와 도훈이 정작 이기주의를 발휘하며 앞으로 치고 나가자 모두가 할 말을 잃었는지 한동안 멍한 자세로 혼란에 빠진 눈빛이다.

그리고 이내 곧 123번과 124번의 사기 쇼였다는 사실을 깨닫고 뒤늦게 낮은 포복 자세를 발동한다.

"너 이 자식들!!"

뒤에서 매서운 눈빛을 불태우며 따라오기 시작하는 훈련병들이지만, 도훈은 코웃음을 치며 더더욱 자세에 힘을 넣는다.

"감히 나 이도훈님을 앞서려 하다니 백 년은 이르다고!!"

낮은 포복의 달인까지는 아니지만 유일하게 각개전투 경험자인 도훈이 일개 훈련병들에게 뒤처질 이유는 없다.

이미 세 가지 포복 자세 중 어느 자세로, 어느 타이밍으로 힘을 가하며 앞으로 나갈 수 있는지에 대한 것은 경험을 통해 깨달은 지 오래다.

그리고 은근슬쩍 꼼수도 발휘하며 전진, 또 전진.

양팔을 접음과 그와 동시에 살짝 몸을 공중으로 떠워서 남들보다 더 미세하게 앞으로 치고 나간다.

게다가 체력도 입대 전보다는 훨씬 나아진 상황.

희대의 사기 전략(?)과 더불어 나름 포복에 대한 노하우로 당당하게 일등을 차지한 이도훈.

그리고 뒤이어 도훈과 사기꾼 콤비를 이룬 철수도 2위로 아슬아슬하게 골인.

"이겼다!"

"나이스!"

철수와 도훈이 하이파이브를 하며 자축한다.

이들은 우매한이 선착순을 부여하겠다는 말을 함과 동시에 서로 눈빛을 교환하며 이러한 사기 작전을 짠 것이다.

말로는 하지 않았지만 워낙 가까이 지내온 훈련소 절친이기 때문에 눈빛 교환으로도 충분했다.

뭔가 못마땅하다는 표정을 지어 보이던 우매한이지만, 그래도 결국 1, 2등은 도훈과 철수가 잘 알아서 나눠 먹었다.

"약속대로 123번과 124번 훈련병은 10분간 휴식을 취하도록 합니다."

"10분간 휴식!"

다른 7조 훈련병들의 원망 섞인 눈초리를 보았지만, 도훈과 철수는 그저 이 천금 같은 휴식 시간을 즐길 뿐이다.


*       *       *

하루 종일 각개전투 교장에서 낮은 포복과 높은 포복, 그리고 응용 포복 3형제와 지긋지긋한 만남을 가진 훈련병들은 팔꿈치며 무릎이 다 깨진 상태에서 간신히 생활관 내로 들어올 수 있었다.

저녁 식사를 마치고 나서 내일도 이 지긋한 훈련을 또 반복해서 해야 한다는 사실에 넌더리를 내는 훈련병들이지만, 그보다도 더 신경 써야 할 부분이 따로 있기에 내일에 대한 걱정은 잠시 다들 잊게 된다.

"다시 봤다, 이도훈, 그리고 김철수."

7조 훈련병 중 유독 도훈과 철수에게 원한이 많아 보이는 훈련병 하나가 대놓고 째려보며 한 말이다.

다른 훈련병들 역시 마찬가지.

오늘 아침까지만 하더라도 7조 파이팅을 외치던 전우가 아닌가. 그러나 표정 하나 변하지 않고 그렇게 배신을 해버리다니.

"물론 배신을 한 건 미안하게 생각한다, 애들아."

전혀 미안하다는 표정이 아닌 도훈의 말에 또 한 번 성을 내기 시작하는 훈련병들.

"웃기고 있네! 그게 미안하다는 사람의 표정이냐?!"

"우리가 너희를 배신한 건 다 의도가 있어서야."

"또 무슨 사기를 치려고?!"

"사기? 훗. 보아라. 이것이 나와 철수가 너희를 생각한 마음이다!"

라고 말하며 도훈이 7조 훈련병들에게 꺼낸 것은 다름 아닌 세 번째 서랍 뒤에 숨겨놓은 새콤X콤과 초콜릿 박스였다.

"오늘 피곤에 절어 있는 너희에게 특별히 선물로 주기 위해 이 형님께서 지금까지 꿍쳐놓은 것이다. 행보관의 감시망을 피해서 오직 너희를 주기 위해서라는 일념 하나로!"

"거, 거짓말하지 마! 그것도 거짓말이잖아!"

"거짓말이라고 생각한다면 먹지 말든가."

"……."

단호하게 말하는 도훈의 태도에 순간 경직된 훈련병.

그렇다. 훈련소에서는 초코파이 하나에 종교를 수시로 바꾸며, 목숨을 걸고 훈련에 임하는 자들이 수두룩하게 있다.

PX에서 몰래 숨겨온 단것들이 훈련병들을 유혹하는데, 도훈의 감언이설에 넘어가지 않을 이가 어디 있겠는가!

"너, 넘어가서는 안 되는데……."

결국 훈련병 중 한 명이 슬금슬금 기어와서 새콤X콤 하나를 집어 든다.

그러자 철수가 덥석 그 훈련병의 손목을 잡는다.

"이, 이제 와서 다시 돌려달라는 거냐? 역시 이 사기꾼."

"그게 아니야, 전우여."

나지막이 속삭이듯 말하는 철수가 훈련병의 반대쪽 손에 살포시 무언가를 준다.

이름하야 ABC 초콜릿.

"이것도 덤으로 가져가라고."

"김철수… 너……!!"

이미 두 눈은 눈물로 넘쳐흐르고 있다.

지금 이 순간, 철수에게서 초콜릿을 받은 훈련병의 머릿속에는 단 두 글자만이 생각의 99%를 차지하고 있다.

전우!

"진정한 전우여!"

감동의 눈물을 흘리는 훈련병의 모습에 또 다른 훈련병이 도훈의 앞에 털썩 무릎을 꿇는다.

그러고서 말하기를,

"초콜릿… 초콜릿이 먹고 싶습니다."

"먹으면 편해."

마치 모 농구 만화에 등장하는 안 선생님과 같은 포스를 선보이며 도훈이 무릎을 꿇은 훈련병에게 넌지시 초콜릿 하나를 건네준다.

7조는 오늘 진정으로 하나가 되었다.

　　　　　*　　　　*　　　　*

　"도대체 이게 뭐하는 짓인지 모르겠네."

　잠을 청하려는 도훈에게 난데없이 의문의 편지 한 장이 도착해 있다.

　보내온 사람의 이름은 다름 아닌 앨리스.

　일단 불침번에게 늘 말하던 '잠시 화장실 좀' 이라는 핑계를 대며 바깥으로 나온다.

　이번에도 역시 화장실에 도달한 도훈이지만, 여기서 추가로 이행해야 할 사항이 있다.

　1사로 화장실 문을 열고 안으로 들어간 뒤 다시 화장실 문을 열고 바깥으로 나오는 행동을 1회 반복할 것.

　도대체 이게 무슨 생고생인지 모르겠지만, 그래도 어렵지 않은 지시 사항이기에 편지에 적힌 그대로 행동하는 도훈의 눈앞에 예상치 못한 일이 벌어지고 있다.

　"어서 와. 기다렸잖아."

　양쪽 눈동자에 하트 표시를 뿅뿅 담은 채 도훈에게 보고 싶었다는 듯 애교를 부리는 앨리스와 함께 얌전히 커피를 마시고 있는 다이나.

　지금 도훈이 서 있는 장소는 막사의 화장실이 아닌 일반 커피 가게 안이다.

"이게 또 무슨 짓들이냐, 이 괴생명체 2인방?"

"일단 자리에 앉지 그래? 서 있는 상태로 두 시간 동안 이야기를 듣겠다고 자처한다면 굳이 말리진 않겠지만."

다이나의 냉담한 반응에도 불구하고 도훈은 노골적으로 짜증 섞인 표정을 선사해 주며 말한다.

"두 시간? 잠도 안 재울 생각이냐! 내일이 각개전투 이틀째라고!"

"카개전투?"

"각. 개. 전. 투!"

"그러니까 빨리 자고 싶다면 후딱 앉으라니까. 아니면 억지로 앉게 해버릴까 보다."

말 한마디 한마디의 무게감이 앨리스와는 다른 다이나.

앨리스가 귀여운 여고생이 애교 부리는 듯한 가벼운 말투라면, 다이나는 섹시한 여교사가 우둔한 제자를 훈계하는 듯한 그런 무게감이 있다.

'같은 차원관리자라 해도 성격이 천지차이구나.'

이제 와서 새삼 느끼게 된 사실이지만 두 여자를 두고 비교하니 극명하게 느낄 수 있게 된 점이다.

어쩔 수 없다는 듯이 혀를 차며 자리에 앉는 도훈.

그러자 기다렸다는 듯이 아무것도 없던 테이블 위에 새로운 커피가 모습을 드러낸다.

"우왓? 이건 또 뭐야?"

"손님에 대한 기본적인 예의지."

"도대체 누가?"

"이 가게 커피 주인."

"…우리 말고 아무도 없잖아."

"그건…….."

설명하려는 찰나 다이나의 대사를 가로챈 앨리스가 바짝 도훈의 옆에 붙으며 말을 잇는다.

"정신체니까. 원래 우리도 평범한 인간의 모습을 하고 있지 않을 경우에는 딱히 어떠한 형태도 지니고 있지 않아."

"그럼 여기에 있긴 하지만 내 눈에는 보이지 않는단 말이군. 그것보다 좀 떨어져라, 이 바보 녀석아!"

"싫어~ 오랜만에 만났는데!"

도훈의 팔을 잡고 절대로 떨어지지 않겠다는 사랑의 서약까지 남발 중인 앨리스. 풍만한 가슴이 도훈의 오른쪽 팔을 압박해 오고 있지만 간신히 남자로서의 이성을 지키며 앨리스를 떼어놓으려 애쓴다.

하지만 그럴 때마다 격렬히 저항하는 앨리스 탓에, 그리고 앨리스가 저항할 때마다 각개전투의 영광의 상처인 팔꿈치 피멍이 의자의 팔걸이에 닿았기에 도훈은 소리 없는 비명을 질러야 했다.

결국 앨리스와의 팔짱을 허락해 버린 도훈은 온몸으로 지친다는 내색을 해 보인다.

"완전 피곤하네."

"나 참, 눈꼴시어서 못 보겠네."

신경질적으로 테이블 위에 커피잔을 탁 소리 나게 내려놓은 다이나가 매섭게 앨리스를 노려본다.

그러자 시선을 회피하며 다른 쪽으로 고개를 돌려 버리는 앨리스.

인턴이라면서 직장 상사한테 저렇게 무례하게 굴어도 되는 것일까 하는 의구심을 품는 도훈이지만, 어차피 본인의 일이 아니기에 신경을 끄고 본론을 꺼낸다.

"그래서 날 호출한 이유가 뭐야?"

"앞으로 너의 서포터에 관한 일정과 계획을 상의해 보려고."

"나도 포함해서?"

"당사자인 네가 빠지면 안 되잖아."

금발의 숏커트를 단정히 정돈하며 도훈의 말을 아주 깔끔하게 받아친다.

역시 말싸움으로는 다이나를 이기기 힘들다는 판단하에 얌전한 모범생 제자 콘셉트로 가기로 결정한 도훈이 즉각 순종적인 태도를 취하며 묻는다.

"그렇다면 선생님, 이 모임은 무엇을 하기 위해 모인 것인지요?"

"선생님이라고도 말하지 마. 나이 들어 보이잖아."

"정신체 주제에 별걸 다 신경 쓰네."

정신체이면서도 인간의 외형에 재미가 들렸는지, 아니면 애초에 성격이 저러한 모양인지 도훈으로서는 판단이 잘 서지 않지만, 여하튼 다이나의 성격은 까다롭다는 결론으로 통일하는 것이 좋을 것 같다.

"너를 여기에 부른 이유는 다름이 아니고……."

말을 이어가던 다이나가 가볍게 손뼉을 두세 번 친다.

그러자 또다시 아무것도 없던 공간에서 사라락 소리와 함께 등장한 세 번째 여자.

긴 머리카락에 롱 웨이브를 찰랑이며 등장한 여성은 선글라스와 귀고리, 펜던트, 그리고 겨울임에도 불구하고 가슴이 훤히 드러난 노출 심한 코르셋 형태의 상의와 빨간색의 스키니 진, 그리고 굽이 높은 힐을 신은 채 명품 손가방을 들고 등장했다.

여자를 본 도훈이 절로 식은땀을 흘리며 하는 말.

"…누구냐, 넌?"

"무례한 인간이네. 천민은 귀족을 영접할 줄 아는 방식을 전혀 모른단 말이야."

"천민? 귀족? 이 잡것은 또 어느 드라마를 보고 왔기에 이상한 쪽으로 물들었냐."

앨리스가 맨날 옷을 다르게 입고 오는 것처럼, 그리고 다이나가 노처녀 히스테리를 부리는 것처럼, 정체를 알 수 없는 세 번째 여성도 이상한 쪽으로 여성이란 존재를 접하게 되었는지 각양각색의 명품으로 도배하고 나타났다.

물론 몸매도 좋다. 목소리도 색기가 가득하고 남자 제법 울릴 법한 S라인의 몸매도 몸에 두르고 있는 것처럼 명품이다.

아마도 다이나와 앨리스, 그리고 정체불명의 세 번째 여자를 두고 누가 가장 몸매가 밸런스 있게 잡혀 있냐고 묻는다면 아슬아슬하게 세 번째 여자가 승리를 거둘지도 모를 거라는 생각이 든다.

다만 중요한 건 가장 안 좋은 케이스로 여성이라는 점에 물들어 버렸다는 요소일까.

"여자는 하늘! 남자는 땅! 이 나라 드라마는 그렇게 나오던데, 천민은 그런 것도 모르니?"

"야, 야, 야. 다이나, 이 여자 이상해! 설마 이 녀석이 나의 세 번째 서포터즈라는 건 아니겠지?"

"정답."

"당장 저년을 매우 쳐라! 앨리스, 뭐하느냐!"

"그치만 나보다 선배님인걸. 어쩔 수 없어."

"왜 나한테는 이상한 여자만 잔뜩 꼬이는 거냐! 정상적인 년은 없어?"

그 이전에 인간이냐 아니냐를 따져야 하는 게 순번상 옳은 일이 아닐까 생각하지만, 세 번째 여자는 도훈의 말에 일체의 양해조차 구하지 않고 자신이 할 말만 주구장창 읊어 내려간 다.

"감사하게 생각하도록. 인간 남성 따위에게 이 귀한 몸이 친히 서포터즈를 맡겠다고 지원했으니까."

"지원? 니가 스스로 선택한 거라는 의미냐?"

"당연하지. 내 길은 내가 선택하니까."

"니가 굉장히 적극적인 여자라는 사실은 나도 알겠는데, 왜 굳이 이 서포터즈에 지원한 거냐."

"여자는 남자가 없으면 살아가지 못하는 생물이라고 배웠 거든. 남자의 곁에 있으면 차를 탈 수 있고, 집도 공짜로 얻을 수 있고, 명품 선물도 잔뜩 받을 수 있다고 TV가 알려주더 라."

"야, 다이나, 차원관리국에 가서 당장 TV란 TV는 모조리 없애 버려! 특히 한국 드라마는 보게 하지 마! 괜히 허영심만 높아진다고!"

여성의 허영심만 쓸데없이 키워주는 한국 드라마가 도훈 에게 이런 식으로 부작용을 선사하게 될 줄은 본인도 몰랐다.

일단 침착하게 마음을 가라앉힌 도훈은 다시 자리에 앉아 선글라스를 착용하고 있는 세 번째 여자를 바라보며 묻는다.

"이름."

"레이시아 루이 퐁듀 팬드래건 모밀리아 아르센티아 메르 앤드 바이 루이비통 페르시아 3세."

"쓸데없이 길어! 네 이름은 이제부터 한숙희다!"

"촌스럽잖아!"

"그 입 다물라! 된장녀 주제에 허영심만 바벨탑처럼 높아 가지고."

"그래도 그런 이름은 죽어도 싫단 말이야! 차라리 트위들디(Tweedledee)로 할래!"

"그런 짧은 이름이 있으면 진작 알려줬어야지. 괜히 나의 네이밍 센스가 들통 날 뻔했잖아."

이미 앨리스와 다이나 건으로 네이밍 센스가 최악이라는 사실이 모두에게 알려진 지 오래지만, 그래도 도훈은 아직 자신의 네이밍 센스가 최악이라는 사실을 인정하고 싶지 않았다.

"좋아, 그럼 트위들디, 앨리스, 다이나. 서포터즈의 일정과 계획은 내가 알아서 짠다. 알겠나?"

도훈의 강압적인 말에 제각각 반응을 보이는 앨리스와 트위들디.

"난 네 의견이라면 무조건 찬성~!"

"뭐… 여자는 수동적인 존재라고 TV님께서 알려줬으니까."

이 둘은 도훈의 의견에 찬성하는 듯한 눈치였만, 아직 다이나는 납득하지 못하겠다는 듯이 말한다.

"이 팀의 팀장은 나인데, 멋대로 네가 리더인 척하지 마."

"좋아, 그럼 내가 세운 계획안을 너한테 주지. 그럼 너는 검토하고, 괜찮다면 그대로 승인하는 거야. 이 정도 선에서는 괜찮냐?"

"……."

한동안 말을 잇지 못하던 다이나지만, 가볍게 한숨을 내쉰다.

"원래 남자란 존재는 다들 그렇게 여자 위에 군림하려고 하는 건가?"

"여자고 뭐고 성별의 문제가 아니라, 니들이 너무 답답해서 그러지."

"알았어. 그 정도 선이라면 나도 팀장으로서의 체면을 세울 수 있겠지. 일단 네 계획이라는 것을 가져와 봐. 기한은 3일 뒤."

"오케이. 그 정도면 충분하지."

"단, 어이가 없을 정도로 엉망인 계획서라면 단칼에 자르겠어."

마지막까지 도훈에 대해 엄포를 빠뜨리지 않는 다이나의
선언을 끝으로 도훈은 겨우 원래 세계로 돌아올 수 있었다.

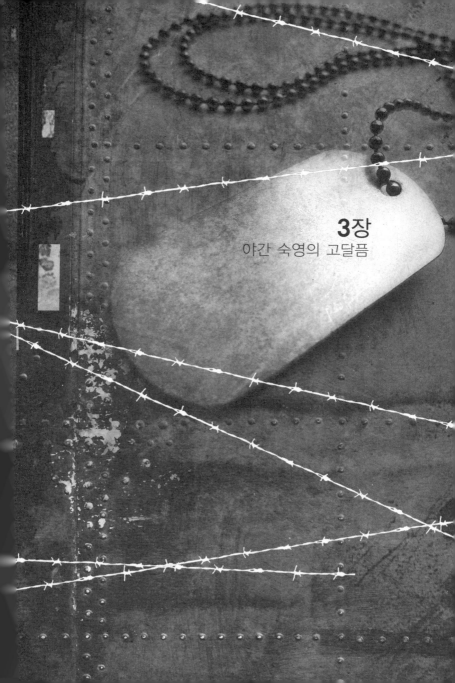

**3장**
야간 숙영의 고달픔

　이도훈 서포터즈와의 첫 대면을 마치고 난 이후 숙면을 취하지 못한 도훈의 귓가에 울려 퍼지는 익숙한 나팔 소리.

　기상을 알리는 나팔 소리와 함께 겨우겨우 상반신을 일으키며 잠에서 깬 도훈은 비몽사몽 눈을 비비면서 연신 하품을 한다.

　"졸려 뒤지겠네."

　졸리기만 하면 참 좋겠지만 오늘은 불행하게도 각개전투 두 번째 날이다.

　게다가 야간 숙영까지 하는 최악의 날.

점호를 마치고 아침 식사를 끝내자마자 이들은 완전군장에 모포, 침낭 등 각종 물품과 함께 가장 중요한 A형 텐트를 챙긴다.

포병으로서 훈련소에서 딱 한 번 A형 텐트에서 자보고 A형 텐트의 신세를 진 적이 없는 도훈은 근 2년 만에 재회하게 된 A형 텐트를 기쁜 마음으로 받아들여야 좋을지, 아니면 이 좆 같은 재회의 순간에 슬픔의 눈물을 흘려야 좋을지 판단이 잘 안 서는 얼굴로 주섬주섬 텐트를 챙기기 시작했다.

"진짜 여기서 잘 수 있을까?"

엄청나게 작은 A형 텐트를 바라보며 철수가 진심으로 걱정된다는 듯이 도훈에게 묻는다.

이제는 무언가를 하게 되면 절로 도훈에게 묻는 것이 습관이 되어버린 철수인지라 도훈도 어렵지 않게 답변해 준다.

"하라면 하는 게 군대 정신 아니냐."

"하아, 피곤하구만, 군대라는 곳은."

"나도 그렇게 생각해."

그 피곤하기 그지없는 군대 생활을 앞으로 2년 더 해야 하는 도훈의 심정은 오죽하겠는가.

직업 군인도 아니면서 도합 4년의 군 생활을 해야 하는 건 대한민국에서 어마어마하게 불행한 남자 아니고서는 불가능한 일이다.

A형 텐트까지 완벽히 챙긴 일행.

각개전투 훈련장을 향해 또다시 왜 있는지 의구심이 드는 언덕 두 개를 넘는다.

"도대체 왜 군대에는 훈련장에 갈 때마다 언덕이 있는 거냐고!!"

"그렇게 떠들 힘 있으면 후딱 걸어가, 병신아."

도훈도 이제는 더 이상 철수를 챙길 여력이 남아 있지 않다.

밤새도록 이도훈 서포터즈에 관련해 고민하느라 잠도 제대로 못 잤을 뿐만 아니라 점점 늘어나는 괴생명체의 합류에 골치가 지끈거린다.

그래도 이번 야간 숙영과 야간 행군만 넘기면 이제 훈련도 거의 막바지에 이른다.

'조금만 더 참자. 그러면 지긋지긋한 훈련소 생활도 끝이다.'

인생에 있어서 두 번째 훈련소 생활을 맞이하는 도훈의 마지막 희망 어린 메시지와 함께 드디어 도착한 각개전투 훈련장.

어제 하루 종일 포복만 주구장창 하던 곳에 다시 도착하니 훈련병들의 이가 저절로 덜덜 떨리기 시작한다.

각 조별로 또다시 분산된 훈련병들 앞에 모습을 드러낸 켈베로스 우매한이 여전히 차가운 눈빛으로 이들을 응시한다.

"또 보게 되었습니다. 훈련병들, 반갑지 않습니까?"

"바, 반갑습니다!"

'반가울 리가 있냐, 씨발!'

겉과 속이 다른 답변을 내놓는 훈련병들이지만, 우매한은 애써 그 마음의 소리를 듣지 않은 척 무시하며 자신이 할 말만 매몰차게 내뱉는다.

"오늘 있을 훈련은 포복!"

"이런 빌어먹을!"

"하지만 어제와는 다르게 오늘은 포복의 비중은 줄이고 대신 철조망 통과나 약진 앞으로, 기타 상황 부여 시 대처 방법에 대해 알려줍니다. 알겠습니까?"

"예, 알겠습니다!"

"그럼 처음에는 낮은 포복! 실시!"

"실시!"

오늘도 변함없이 자갈밭과의 친밀도를 다지게 된 7조 훈련병들.

속으로 우매한에게 장수할 만큼의 욕을 던지면서 대략 두 시간 동안 그렇게 흙과 먼지를 직통으로 마시며 견딘 끝에야 점심시간을 맞이할 수 있었다.

비닐봉지로 감싼 식판을 들고 사리곰탕에 밥을 말아 먹기 시작한 훈련병들.

손에 묻은 흙을 제대로 털어내지도 않은 채 우걱우걱 먹기만 한다.

절로 식욕을 마구 샘솟게 해주는 군대의 마력에 심취해 순식간에 식사를 다 해치워 버린 훈련병 일동.

"사실은 내가 이런 사리곰탕 같은 걸 별로 안 좋아하는데 말이야."

느닷없이 양심고백을 시작한 철수가 계속해서 말을 이어간다.

"그런데 말이지, 신기하게 군대에 오고 나서 못 먹는 게 없어진 거 같아. 아침에 우유를 마시면 배가 아파서 그것도 잘 안 마시곤 했는데, 요즘은 우유가 없어서 못 마신단 말이지."

"그게 바로 군대의 힘이지. 이제야 알았냐?"

군대에 오면 편식이라는 게 없어진다.

배고파 죽겠는데 정작 먹을 것은 없다. 그렇게 되면 자연스럽게 자신이 사회에 있을 때 죽도록 먹기 싫었던 음식도 먹게 되는 것이다.

도훈도 처음에는 토마토를 싫어했다.

하지만 군대에서 접한, 물기 가득한 방울 하나가 입안에서 톡 터지며 시원함을 선사하는 그 맛에 도훈은 어느 순간 토마토 마니아가 되어버렸다

심지어는 산에 대놓고 토마토를 기른 적도 있다.

물론 토마토가 열리기 전에 벌레들이 와서 다 갉아 먹은 탓에 제대로 맛본 토마토는 몇 개 안 된다.

참으로 신기한 장소. 분명 사람이 살고 있는데 사람을 이토록 변화시킬 수 있는 장소는 아마 군대가 거의 유일무이하지 않을까 싶다.

식사를 마치고 나서 다시 모이게 된 7조 훈련병들.

드디어 포복 단계를 벗어나 철조망 앞에 선 이들에게 우매한이 짧게 지시한다.

"통과합니다."

"······?"

"못 들었습니까? 뒤로 취침 자세로 땅을 기어 철조망 밑으로 통과합니다. 알겠습니까?"

"알겠습니다!"

"실시!"

"실시!"

이제는 땅바닥에 눕는 것이 아주 자연스러워진 훈련병들은 어떤 토도 달지 않고 그대로 흙바닥에 눕는다.

아니, 평범한 흙바닥이 아니다.

철조망을 기어 통과하는 사이에 보이는 흙탕물: 일부러 만들어놓은 장애물에 졸지에 흙탕물을 마시게 생겼다.

귀에, 그리고 코와 입으로 들어오는 더러운 물의 향연에 연신 기침을 하며 간신히 철조망을 통과한 훈련병들에게 우매한이 불호령을 내린다.

"뭐하는 겁니까! 은폐, 엄폐 안 합니까!!"

우매한의 말에 따라 얼렁뚱땅 제각각 주변에 있는 장애물을 활용해 몸을 숨긴다.

도훈과 철수는 재수가 없는지 나무나 풀숲 같은 것이 보이지 않아 어쩔 수 없이 그 자리에서 엎드려 쏴 자세를 취한다.

"123번 훈련병, 분대장 역할 똑바로 합니다."

"전방에 위치한 적들이 보이는가!!"

어영부영 고래고래 소리친 도훈의 말에 따라 모두가 '보입니다!' 를 연신 외친다.

국어책을 읽는 듯한 영혼 없는 대사를 쭉 읊어가던 도훈이 마지막 한마디만 힘있게 외친다.

"약진 앞으로!!"

"앞으로!!"

또다시 영혼 없는 '와아아아' 함성 소리를 내며 약진 앞으로 자세를 취하며 달달 걸음으로 다가가 영혼 없는 리액션을 선보이며 북한군 인형의 얼굴을 개머리판으로 팍팍 때린다.

누가 봐도 성의가 없는 태도지만 포복만 두 시간, 그리고 철조망을 건너오느라 이미 체력이란 체력은 전부 다 소모해

버린 훈련병들에게 더 이상 무엇을 바라겠는가.

하지만 이 영혼 없는 훈련 내용을 그대로 지나칠 리가 없는 켈베로스 우매한!

"처음부터 다시 하고 싶습니까?"

"아닙니다!!"

"그럼 제대로 다시 합니다. 약진 앞으로!"

"약진 앞으로!!"

이번에는 필 마이 소울(Feel My Soul) 식으로 크나큰 함성을 내지르며 북한군 인형을 향해 돌진한다.

가장 먼저 뛰어간 훈련병이 북한군 인형에 개머리판을 한 방 먹여준 뒤 분대장인 도훈에게 보고한다.

"적군, 제압했습니다!"

"우리의 승리다!"

"우와아아아!!"

겉으로는 엄청난 열연을 펼치고 있지만 속으로는 서로 창피해 죽겠다는 듯이 다른 훈련병들과의 시선을 회피한다.

그렇게 삼류 연극보다도 못한 시늉을 마친 뒤 작은 산을 오르기 시작한 7조 훈련병들.

작은 호와 더불어 대공사격 대응 방식, 화생방 상황에서의 훈련 등 각양각색의 훈련을 마치고 나자 시간은 대략 오후 5시.

그때가 되어서야 우매한은 7조에게 지시한다.

"지금부터 숙영할 장소로 돌아갑니다. 내려갈 때 '훈련은 전투다! 각개전투!' 라고 힘차게 외치며 갑니다. 알겠습니까?"

"예, 알겠습니다!"

드디어 각개전투가 끝났다는 우매한의 신호에 따라 7조 훈련병들이 일행과 하이파이브를 하며 축제 분위기를 즐긴다.

천천히 하산하면서 내려오는 자연 경치도 멋있지만, 가장 좋은 것은 바로 먼저 끝낸 자의 여유.

"훈련은 전투다! 각개전투!"

"훈련은 전투다! 각개전투!"

우매한이 지시한 대로 착실하게 구호를 외치며 내려오는 7조 훈련병들의 눈에 자신들이 거쳐 온 코스를 똑같이 따라오는 다른 조들의 모습이 비친다.

"123번 훈련병."

그때 우매한이 도훈을 부르며 말하길,

"123번 훈련병이 분대장이니까 같은 조 훈련병들 인솔해서 하산합니다. 알겠습니까?"

"예, 알겠습니다!"

무슨 볼일이 생겼는지 P—96K 호출 신호를 받고 다시 산으로 올라가는 우매한 조교의 뒷모습을 보던 도훈이 씨익 웃는다.

"아그들아, 그거 하자."

"그게 뭔데?"

철수의 물음에 도훈이 가볍게 씨익 웃어주며 말한다.

"내가 하는 말만 따라서 하면 돼."

그리고 외친 한마디는 다음과 같다.

"우리는 끝났다! 각개전투!"

"우리는 끝났다! 각개전투!"

마치 다른 훈련병들에게 들으라는 듯 힘차게 외치기 시작하는 7조 훈련병들.

오늘 한 훈련 중 가장 큰 목소리로 합창하며 도훈이 선창하는 구호를 외친다.

"우리는 끝났다! 각개전투!!"

마지막까지 힘차게 약 올리기 구호를 선보이며 내려온 이들은 달콤한 휴식을 취하며 각개전투 동안에 겪은 일화를 털어놓느라 정신이 없다.

한겨울에 차가운 자갈밭 아래에서 굴러야 하는 이유, 그리고 분명 겨울인데도 불구하고 여름보다도 더 많은 물을 섭취해야 하는 이유 등 고민해 봤자 전혀 도움이 안 되는 일들만 서로 교환하던 와중에 모든 훈련병이 각개전투를 끝내고 한자리에 모였다.

저녁 식사를 마치고 나서 드디어 숙영의 시작. A형 텐트 치는 방법을 배우고 온 훈련병들은 3인 1개 조로 각자 오늘 하루 자신들이 머물러야 할 자리를 만들기 시작했다.

운이 좋게도 도훈과 철수는 3인 1개조가 아닌 2인 1개 조로 잠을 청하게 되었다.

앞 번호씩 당기다 보니 2중대에서는 거의 끝 번호에 위치한 도훈과 철수였기에 운이 좋게 두 명이서 A형 텐트를 사용하게 된 것이다.

"이런 천운을 다 봤나!"

유독 기뻐하는 쪽은 다름 아닌 도훈.

A형 텐트에서 덩치 큰 남자 세 명이서 땀 냄새를 맡으며 자야 하는 고충을 잘 알기에 이런 환호성이 절로 나온 것이다.

게다가 철수의 덩치를 생각해 보면 오히려 2인 1개조라는 상황이 납득이 될 만도 하다.

"거기, 운 좋은 훈련병 두 명."

"옙!"

지나가던 행보관이 도훈과 철수의 A형 텐트 주변을 바라보며 말한다.

"오늘 비가 올지도 모른다니까 배수로 확실히 파내도록."

"이런 빌어먹을!!"

하필이면 숙영을 하는 날에 비가 오다니.

더욱이 지금은 한겨울이다. 눈도 아니고 비가 온다는 행보관의 청천벽력과 같은 말에 도훈의 방금 전까지 싱글벙글한 표정이 순식간에 절망으로 물들었다.

2년 전에도 비가 왔던가.

제대로 기억이 나지 않은 탓에 오늘과 같은 기후 현상을 알아차리지 못한 것이다.

"뭐가 빌어먹을이야, 이 잡것아. 배수로 작업하라니까."

도훈의 속마음을 전혀 이해하지 못하는 행보관은 무심하게 배수로 작업을 독촉할 뿐이다. 어쩔 수 없이 도훈은 철수를 불렀다.

"야, 니가 배수로 작업해라, 내가 텐트 칠 테니까."

"배수로 작업이 뭔데?"

"야전삽으로 텐트 주변에 비가 흐르게끔 배수로를 만드는 거잖아. 텐트 안으로 못 들어오게 확실히 깊게 파라고. 괜히 빗물이 텐트 안으로 들어오는 순간 지옥을 맛볼 수도 있으니까."

"군대는 지옥만 맛보는 곳이냐."

"그러니까 맛보기 싫으면 확실히 하라고, 병신아."

야간 숙영의 최대의 적이 오늘 밤에 방문할지도 모른다.

A형 텐트는 그리 크지 않다.

정확히 말하자면 혼자서 잘 수 있을 정도의 A형 텐트지만 세 명이서 자라는 무리한 군대의 명령 탓에 훈련병들은 3인 1개 조로 꾸깃꾸깃 뭉쳐서 자야 하는 고충을 맛보아야 할 처지에 놓이게 되었다.

세 명이서 들어가서 자는 것도 짜증나 죽겠는데 더 짜증나는 것은 바로 군장까지 안으로 들여놓고 자라는 것이다.

이렇게 된다면 한쪽 구석에 군장을 쌓아두고 자든가, 아니면 두 명이 아래에 눕고 한 명은 공중에서 뜨다시피 자야 하는 상황이다.

안 되면 되게 하라.

안 될 것도 되게 만들어라.

그것이 바로 군대 정신!

그 고충은 고스란히 사병들이 져야 한다.

"씨발, 진짜 내 인생에 누가 저주라도 걸었나!!"

A형 텐트 안으로 군장을 냅다 집어 던지며 말하는 도훈의 한탄 소리가 오늘따라 매우 애처롭게 들려온다.

그래도 군용 텐트를 많이 쳐본 경험이 있어서일까, 남들은 3인 1개 조인 탓에 한 명이 배수로를 파고 다른 두 명이 텐트를 치는 형식으로 분담하고 있지만, 도훈은 두 명이서 텐트를 치는 다른 조들보다도 월등하게 빠른 속도로 작업을 마무리했다.

근처에 있는 커다란 돌을 구해 와서 텐트와 지면이 맞닿는

틈새에 올려놓고 그 위에 야전삽으로 흙을 덮는 마무리까지.

"음. 텐트 치는 솜씨가 예사롭지 않구만."

도훈의 텐트 치는 작업을 유심히 보고 있던 행보관이 아주 만족스럽다는 미소로 바라본다.

그도 그럴 것이, 행보관들이 작업 1순위로 꼽는 직급, 말년 병장이 아닌가.

농땡이를 피우며 가끔 투명화를 시전해도 작업 하나만큼 은 기가 막히게 잘하는 직급이다.

2년 동안 산전수전 공중전까지 겪으면서 작업이란 작업은 모조리 경험했고, 그에 따른 노하우도 전부 습득한 게 바로 말년병장이라는 존재다.

"고놈 참, 나중에 진지 공사 작업에도 데려가고 싶을 정도 구만."

행보관의 섬뜩한 발언을 애써 무시하며 작업에 열중한다.

작업 중에서도 가장 빡센 작업 중 하나라 불리는 진지 공사 에 끌려갈 생각을 하니 절로 소름이 돋은 도훈은 오늘 처음으 로 훈련병 계급이라 정말 다행이라는 생각을 했다.

도훈이 원래 있던 자대 행보관 역시도 작업을 매우 빡세게 시키는 타입이었지만, 왠지 훈련소 행보관도 그보다 더하면 더했지 덜하진 않을 거란 포스를 풍긴다.

"좋아, 이 정도면 됐겠지."

우천 시를 대비해서 지급 받은 비닐까지 완벽하게 A형 텐트 위로 덮어씌운 도훈이 가볍게 손을 털며 철수를 찾는다.

"야, 배수로 잘 까고 있냐?"

"도훈아, 이것 좀 도와줘!"

들려오는 답변은 잘 진행되고 있다는 뉘앙스와 상당히 거리가 먼 말투다.

불안한 기운이 엄습한 도훈의 발걸음이 점점 빨라진다.

거의 8시가 다 되어가는 상황에서 배수로 작업만 30분째 붙들고 있는 철수에게 또 무슨 일이 벌어진 것일까.

"이번엔 뭔데?"

"아, 여기 좆나게 큰 돌이 있는데 안 빠져. 어떻게 하냐?"

"빼면 되지."

"인간의 힘으로 불가능한데?"

"병신아, 인간의 힘으로는 불가능할지 모르지만 군인의 힘으로는 가능하잖아. 군인에게 불가능이 어디 있냐? 삽 한 자루로 산을 옮기는 게 대한민국 군인인데 하물며 박혀 있는 돌을 못 빼겠냐."

철수를 답답하다는 듯이 흘겨보며 자신의 야전삽을 꺼내온 도훈이 야전삽을 'ㄱ'자 형태로 변환시킨다.

"본래는 곡괭이가 있으면 편하게 팔 수 있지만 없으면 없는 대로 써야지."

큰 돌을 파는 데는 곡괭이만 한 도구가 없다.

그러나 그런 고급 도구(?)가 없기에 이런 식으로 야전삽을 곡괭이 대신으로 사용해야 한다.

'ㄱ'자 형태의 곡괭이를 들고 돌의 자태를 영접하기 시작한 도훈은 가벼운 현기증을 느낀다.

돌이 너무 커서가 아니다. 이런 돌조차 파내지 못하는 철수가 한심해서이다.

"덩칫값 좀 해라. 그렇게 힘을 못 써서 어디 여친이 좋아하겠냐?"

"밤일만 제대로 하면 되잖아."

"밤일만 제대로 하면 뭐하나. 힘을 쓸 때는 팍팍 써야지."

"걱정하지 마. 밤에는 정력 하나로 여자 죽여주니까."

"그럼 그 밤일에 쓸 힘을 군대에서 써봐라, 좀."

한숨이 연이어 나오는 걸 막질 못하겠는지 결국 철수에게 GG(Good Game) 선언. 큰 돌의 위쪽을 향해 있는 힘껏 야전삽을 내리찍는다.

"으랴아아압!!"

정확하게 흙과 돌 틈새로 야전삽 끝을 찔러 넣은 도훈. 이윽고 지렛대의 원리를 이용해서 커다란 돌을 들어 올리기 시작한다.

있는 힘껏 반동을 가하며 여러 번 돌을 들었다 났다 들썩들

썩 움직이게 만들자 이내 커다란 돌이 서서히 게으름을 떨쳐 내고 지상을 향해 움직인다.

"야! 돌 정도는 들어 올릴 수 있겠지?"

"맡겨둬!"

자신감 넘치는 표정으로 사람 얼굴 크기만 한 돌을 철수가 있는 힘껏 돌을 들어 올린다.

우수수 쏟아지는 흙먼지.

들어 올린 돌을 수풀을 향해 있는 힘을 쏟아내며 던지는 철수의 괴력!

"웃차!!"

쿵! 소리와 함께 돌이 수풀 안쪽에 안착했다는 신호를 철수와 도훈의 귓가에 들려준다.

배수로의 가장 큰 장애물인 커다란 돌을 빼낸 철수와 도훈이 뭔가 커다란 것을 해냈다는 보람찬 얼굴로 함께 먼발치를 바라본다.

"이제 그만 빨리 끝내 버리자."

도훈의 말과 함께 철수가 나지막이 고개를 끄덕인다.


배수로 작업까지 전부 마치고 난 이후,

각개전투 훈련장 안에 마련되어 있는 교육장에 옹기종기 모여 앉은 훈련병들의 손에는 각개전투가 끝나고 난 이후 심신의 피로를 녹이라는 의미가 가득 담긴 쌀국수가 들려 있었다.

"우리나라에 이런 종류의 라면이 있었어?"

쌀국수의 존재를 처음 접하게 된 철수는 이리저리 쌀국수를 훑어보며 의구심을 품는다.

반면, 도훈은 줘도 안 먹는 쌀국수를 먹어야 할 판국까지 오니 자신도 모르게 신세한탄이 절로 나온다.

"내가 결국 여기까지 타락했구나."

"뭔 소리야?"

"그냥 모른 척 흘려들어, 자식아."

천천히 쌀국수의 포장을 뜯고 스프를 뿌린다.

이윽고 물을 받기 위해 차례로 줄을 서는데 도훈과 철수가 거의 끝 번호라서 A형 텐트를 두 명이서 차지한다는 건 아주 좋은 일이지만 이럴 때는 안 좋은 방향으로 작용한다.

"아, 빌어먹을."

물을 받고 난 이후 5분이 지났음에도 불구하고 쌀국수가 익질 않는다.

워낙 끝 번호라 이미 뜨거운 물이 전부 차갑게 식어버린 것이다.

미지근한 물에 라면, 스프만 동동 떠 있는 이 쌀국수를 어떻게 처리해야 좋을지 고민하는 것은 도훈뿐만이 아니다.

"그냥 부숴 먹을 걸 그랬나."

도훈 다음 번호인 철수도 사정은 마찬가지다.

둘은 5분이 넘어가도 익지 않는 라면을 보면서 결국 억지로 나무젓가락을 이용해 최대한 라면 사리를 휘저어본다.

이윽고 한 젓가락 들어 올리자 딱 봐도 '나 안 익었음!' 이라는 포스를 자아내는 라면 면발이 도훈의 눈에 들어온다.

"더러운 군 생활!! 젠장!!"

결국 그대로 입을 향해 직행.

뜨거운 감촉보다 과자를 먹는 듯 아그작아그작 하는 사운드가 들려온다.

겨우겨우 익지도 않은 쌀국수를 배에 우겨 넣은 뒤 맛스타로 입가심을 한 도훈과 철수는 서로를 바라보며 맛에 대한 평가를 내리기 시작한다.

"차라리 먹지 말 걸 그랬다."

"…그러게."

추운 겨울날, 고생에 고생을 한 끝에 섭취한 덜 익은 라면.

이것도 각개전투의 추억 중 하나가 아닐까 하는 좋은 생각으로 포장하기에는 도훈과 철수의 짜증 수치가 너무나도 높았다.

"젠장! 빨리 들어가서 잠이나 자자!"

어차피 A형 텐트 안으로 들어가면 간부와 조교의 눈은 피할 수 있다. 그렇게 되면 철수와 도훈이 취할 행동은 오로지 하나.

바로 PX에서 몰래 가져온 간식거리 파티가 이들을 기다리고 있다.

물론 같은 7조 훈련병들에게도 어제저녁 사죄의 의미를 담아 배포했기 때문에 아마 그들 역시도 몰래 텐트 안에서 축제를 벌이고 있을 것이 틀림없었다.

순식간에 A형 텐트 안으로 들어온 이들은 빠르게 군장 안에 몰래 짱박아놓은 간식거리를 주섬주섬 꺼내기 시작했다.

동시에 전투화를 벗고 손과 얼굴에 묻은 흙먼지를 닦아내기 위해 개인당 두 장씩 지급된 물티슈로 가볍게 세면, 세족을 행한 뒤 먹을 것을 앞에 두고 경건한 마음가짐이 된다.

"근데 여기 진짜 좁긴 하다."

"당근이지. 이건 A형 텐트가 아니라 1인용 텐트라고."

철수의 덩치와 군장이 차지하는 부피까지 포함해서 거의 2.5인이 들어가 있는 것과 똑같다.

그래도 이들은 그나마 다행이지, 다른 조는 지금쯤 서로 몸을 부대끼며 짜부라진 상태일 것이다.

심지어 제대로 잠이나 잘 수 있을지 모르겠다.

"오오오!"

군장 안에서 우아한 자태를 드러내는 간식거리들을 보자

마자 철수가 탄성을 자아낸다.

반면, 도훈은 최대한 포장지 소리가 나지 않게끔 유의하며 조심스럽게 간식거리를 꺼낸다.

"최대한 소리 나지 않게 포장지 뜯어라. 괜히 걸렸다간 죽도 밥도 안 되니까."

"아, 알았어."

도훈의 충고를 곧장 새겨듣은 철수가 고개를 끄덕이며 세심하고 조심스럽게 포장지 하나를 뜯는다.

초콜릿 하나를 입에 넣어 꿀꺽 삼키자 곧장 몸서리를 치며 단맛에 취하는 철수의 단발적인 소감 한마디.

"쥑인다, 쥑여!"

"입 좀 다물라니까, 병신아. 그러다 행보관한테 들키면 어쩌려고 그러냐."

간신히 행보관과의 눈치싸움에서 승리하고 얻은 전리품인데, 거의 막바지에 들키게 되면 그 무슨 불행인가.

도훈도 캐러멜 하나를 입에 넣고 우물거리며 철수와 비슷한 반응이 나올 뻔한 것을 간신히 참아냈다.

'확실히 저 덩치 녀석이 몸서리를 칠 만할 정도의 파괴력이군.'

몸이 고달프면 그 어떠한 먹을 것도 달게 느껴진다(덜 익은 쌀국수는 제외).

그런 의미에서 달콤한 초콜릿과 캐러멜은 최상의 간식거리라고 표현하기에 부족함이 없다.

"여기에 탄산음료까지 있다면 최고일 텐데."

뒤이어 철수가 자신이 먹고 싶은 음식을 나열하기 시작한다.

"나는 슈X치킨! 그거 진짜 맛있더라."

"군대 기호식품 중에서도 선호도 상위권을 달리는 물품이니까. 아~ 말하니까 갑자기 졸라 식욕 당기네."

발도 뻗을 수 없는 A형 텐트에 누운 도훈의 눈에 여기저기 낡아 떨어진 A형 텐트의 천장이 보인다.

"이런 환경에서도 용케 잘 수 있다는 게 더 신기하네."

"그러게 말이야. 군인들은 정말 대단한 거 같아."

철수 본인도 군인임에도 불구하고 제3자의 시선으로 소감을 내뱉는다.

군대, 그리고 군인이 되어가는 것.

그렇다고 평생 군인으로 활동할 일은 거의 드물지만, 그래도 20대 청춘을 바쳐서 바깥에서 숙영이라는 경험해 보는 것은 대한민국 남자라면 대부분 겪어본 상황이 아닐까 싶다.

예쁜 여자를 데리고 온 바캉스도 아니고, 가족끼리 온 여행도 아님에도 불구하고 사회에서 전혀 모르는 이와 같이 낡고 좁은 텐트에서 잠을 청한다는 것.

상당히 오묘한 기분일 것이다.

"자대 배치, 너랑 같은 곳에 배치되면 좋겠다. 무서울 게 없을 거 같다."

철수의 말에 피식 웃은 도훈이 어이가 없다는 듯이 손사래를 친다.

"그럼 물 떠놓고 기도하든가."

"오늘부터 그렇게 해볼까?"

"아서라. 그러다가 행보관한테 들키면 죽도 밥도 안 된다."

"하하하! 그렇겠지?"

각개전투 이틀째, 그리고 야간 행군을 앞둔 하루.

고달팠던 이들의 하루도 서서히 깊은 밤의 기운과 함께 저물어가기 시작한다.


편하게 하룻밤 보낼 수 있을 거라 생각한 각개전투의 둘째 날.

"…음?"

차가운 감촉이 도훈의 얼굴에 한 방울, 그리고 또 한 방울 떨어진다.

침낭을 뒤집어쓰며 자려 했지만, 아무래도 뭔가 불길한 느낌이 든 도훈은 절로 눈을 뜨게 되는데,

"설마!"

벌떡 일어난 도훈의 머리 위로 또 한 방울의 물방울이 떨어진다.

A형 텐트 천막에서 물이 떨어지고 있다. 그렇다는 말인즉슨,

"비가 새고 있잖아!"

황급히 바깥으로 나온 도훈의 머리 위로 어마어마한 폭우가 쏟아지고 있다.

그리고 그의 눈에 바삐 돌아다니는 조교들과 교관들.

"훈련병들은 전원 기상!!"

우매한 조교의 목소리가 쩌렁쩌렁 울려온다.

엄청남 폭우 속에도 불구하고 우매한의 목소리는 A형 텐트에서 재주껏 끼어 자고 있는 훈련병들의 청각을 건들이기에 충분한 위력을 지니고 있다.

"뭐, 뭐야?"

철수도 연신 하품을 하며 산만 한 덩치를 이끌고 바깥으로 나온다.

이미 판초를 꺼내서 쓰고 있는 도훈은 혀를 차면서 설마 했던 불운한 생각이 점점 맞아들어 가고 있음을 체감한다.

조교의 기상 소리에 황급히 일어나 바깥으로 하나둘씩 기어 나오는 훈련병들.

스포츠 시계를 보니 시간은 새벽 두 시다.

"전원 기상! 지금부터 행보관님의 지시에 따라 배수로 작업을 실시한다!"

"이런 빌어먹을!!"

도훈의 예상이 정확하게 맞아떨어지고 말았다.

설마설마하던 배수로 작업의 시작.

텐트 안에 물이 들어오는데 행보관이 이를 가만히 놔둘 이유가 없다.

"이 잡것들아! 후딱 삽 들고 배수로 안 까냐!"

"아, 알겠습니다!"

비몽사몽한 표정의 훈련병들이 판초를 뒤집어쓰고 야전삽을 든 채 헐레벌떡 A형 텐트 주변으로 배수로를 더더욱 깊게 파내기 시작한다.

큰 돌을 치우면서까지 배수로를 파낸 도훈과 철수 조 역시도 예외는 아니다.

"자다가 이게 무슨 꼴이람! 빌어먹을!"

야전삽을 들고 빛의 속도로 배수로를 파내기 시작하는 도훈. 하지만 이대로는 작업의 진행 속도가 너무 느리다.

"야, 김철수!"

도훈이 재차 야전삽을 'ㄱ'자 형태로 변환시키며 다른 작업을 지시한다.

"내가 야전삽으로 땅을 찍을 테니까 니가 흙을 퍼내라. 오케이?"

"분담하자는 거지? 알았어!"

"빨리 끝내고 자자고! 시발! 꼭두새벽에 이게 뭐하는 짓이야!"

본격적으로 자세를 잡은 도훈이 있는 힘껏 야전삽 끝으로 땅을 찍어낸다.

곡괭이가 있다면 더더욱 파워풀하게 작업을 진행시킬 수 있겠지만, 없으면 없는 대로 할 뿐이다.

"허잇차!!"

삽과 곡괭이와 함께 시간을 보낸 지 어언 2년째다.

야전삽 하나로도 웬만한 작은 호 하나는 만들 수 있을 정도로 노동에 특화되어 있는 말년병장 도훈의 괴력이 폭우 속에서도 뿜어져 나오기 시작한다.

푹! 푹!

그의 야전삽이 닿을 때마다 바위든 뭐든 무참히 뽑혀 나오니 뒤를 이은 철수는 그저 삽으로 퍼낼 뿐이다.

도훈과 철수의 환상 콤비로 순식간에 배수로 완료. 이제 남은 것은 하나다.

"떡대, 판초 벗어라."

"갑자기 왜?!"

"척하면 못 알아듣냐? 판초로 찢어진 A형 텐트 덮으려는 거잖아."

"아, 알았어!"

도훈과 철수의 판초를 연결시켜 A형 텐트 천막까지 보수, 완벽한 방수 체제를 갖춘 도훈의 텐트지만, 다른 훈련병들은 아직까지도 어안이 벙벙한 채 느린 작업을 재촉하고 있다.

조교와 교관도 발 벗고 다른 훈련병들 텐트 보수 작업을 도와주지만, 역시 이런 일에 숙달된 자가 별로 없는지라 아직까지도 당황해하며 작업 진척이 별로다.

"진짜… 씨발 좆같네!!"

결국 욕지거리를 내뱉으며 야전삽을 들고 도훈이 속해 있는 7조 훈련병들이 위치한 다른 A형 텐트를 찾아간다.

도훈의 뒤를 바라보던 철수도 이내 결심을 굳힌 듯 폭우를 온몸으로 맞으며 따라간다.

"병신들아! 내가 지시하는 대로 해라! 알겠냐?!"

"이, 이도훈?!"

"한 명은 야전삽으로 땅 졸라 까고, 또 한 명은 땅 졸라 까 놓은 거 졸라 삽으로 퍼내!! 나머지는 A형 텐트가 새는 게 있으면 판초로 덮어라! 파낸 흙은 A형 텐트 모서리를 묻어버려!"

도훈의 지시에 모두가 고개를 끄덕이며 재빠르게 행동한다.

철수도 방금 전까지 도훈과 함께 작업하면서 터득한 노하우로 열심히 삽질하기에 바빴고, 도훈은 아직 야전삽으로 곡괭이질하기에 익숙하지 않은 훈련병들을 대신해서 비와 씨름하며 곡괭이질을 한다.

본래라면 그냥 A형 텐트 안에 들어가서 몰래 휴식을 취할 수도 있었지만, 도훈의 마음속에 무언가가 울컥하고 솟아오른 탓에 어쩔 수 없이 도와주는 길을 택하게 된 것이다.

전우애.

도훈은 아마 인정하지 않을지도 모르지만, 어느새 훈련소에서 4주 동안 동고동락하며 이들에게 알게 모르게 전우애를 느끼게 된 것이다.

게다가 오늘은 각개전투 훈련장에서 같이 땅을 구르고 산을 오르락내리락하지 않았는가.

전우애를 느끼지 않으려야 않을 수가 없는 상황이라고 볼 수도 있었다.

한동안 폭우 속에서 사투를 벌이고 나자 시간은 어느새 3시가 훌쩍 지났다.

"후!"

이미 홀딱 다 젖은 훈련병들은 급하게 젖은 온몸을 수건으로 닦고 가져온 A급 전투복으로 갈아입고 다시 A형 텐트로 들어간다.

여전히 비가 오고 있었지만, 그래도 폭우가 내릴 때보다는 훨씬 줄어든 상황.

"이도훈!"

막 텐트로 들어가려는 찰나, 도훈을 부르는 7조 훈련병들의 목소리가 들려온다.

"고맙다!!"

"시끄러워! 난 그냥 빨리 자고 싶어서 그랬을 뿐이라고, 새끼들아! 닭살 돋게 이상한 말 지껄이지 말고 들어가서 자기나 해라."

퉁명스러운 도훈의 말이지만, 이미 그의 의도는 다른 훈련병들에게 너무나도 충분히 잘 전달되었다.

말은 그렇게 해도 가장 먼저 다른 훈련병들을 위해 발 벗고 나섰으며, 누구보다도 열정적으로 도와줬다.

훈련병답지 않은 노하우로 다른 텐트 조들을 도와줬기에 생각보다 빨리 작업이 끝났다.

조교들 중에서도 도훈보다 짬밥 생활이 많은 사병은 없다. 행보관을 제외하고는 아마 배수로 작업은 도훈이 가장 에이스일 것이다.

훈련병들이 하나둘씩 다시 잠을 청하기 위해 들어가려는 찰나, 도훈을 부르는 또 다른 목소리.

"123번 훈련병."

"123번 훈련병 이도훈!"

다름 아닌 우매한 조교가 도훈을 호출한다.

"본부 텐트로 오기 바랍니다."

"무슨 일이십니까?"

"행보관님이 123번 훈련병을 찾습니다."

"……."

철수는 이미 심신이 다 지쳤는지 들어가서 잠을 청한 지 오래다.

어차피 A형 텐트에 두 사람만 들어가는 상황이니까 늦게 와도 별다른 무리가 없을 거라 판단한 도훈은 우매한 조교의 뒤를 따른다.

특히나 행정보급관의 명령이라고 하지 않는가.

명령 불복종은 하기 싫기에 잠자코 우매한을 따라가는 도훈.

엄청나게 큰 텐트 안으로 들어서자 행보관이 가장 먼저 도훈에게 내민 것은 다름 아닌 뜨끈한 라면이다.

"먹게."

"…먹어도 됩니까?"

"오늘 고생했잖아. 잔말 말고 먹어둬."

"감사합니다."

가뜩이나 덜 익은 쌀국수 때문에 뜨거운 라면에 대한 갈망이 컸는데 생각지도 못하게 컵라면을 얻게 되었다.

게다가 참치와 치즈까지 담겨 있는 초고급 컵라면!

"자네 덕분에 배수로 작업이 일찍 끝났어. 그에 대한 보답이라고 생각해."

"저야 뭐……."

"이상하단 말이야. 분명 훈련병인데, 군대에 대해서 너무나 비정상적으로 많이 알고 있는 거 같아. 흐음."

행보관의 눈초리가 다시 날카롭게 빛난다.

하기야 이쯤 되면 도훈의 정체에 대해 의심을 품지 않으면 오히려 그게 더 이상한 일이다.

이제 막 입대한 훈련병 주제에 배수로 작업에 너무나 능숙할뿐더러 폭우 시의 대처 상황도 너무나도 매끄럽다.

말년병장이기에 군대에서 경험할 수 있는 온갖 일을 다 경험해서 그런 거지만, 행보관이 도훈의 정체를 알 리가 없다.

2년 뒤의 미래에서 왔다고 한다면 누가 믿겠는가. 아는 사람이라고는 차원관리자들밖에다.

"어쨌든 수고의 의미로 준비했으니 먹게. 우매한도 와서 먹어라."

"예, 행보관님."

홀딱 젖은 전투복 차림으로 도훈의 맞은편에 앉은 우매한.

비에 젖었음에도 불구하고 흐트러짐을 보이지 않는다.

역시 천생 군인. 도훈은 속으로 '이 지독한 녀석!' 이라는 탄성을 자아낸다.

김치 한 조각을 먹으며 작게 웃던 행보관이 도훈과 우매한을 번갈아 보며 말한다.

"군대라는 게 다 그런 거 아니냐. 오늘처럼 욕 나오는 일이 벌어져도 나 혼자만 살겠다고 발버둥치는 게 아니라 다른 전우를 위해서 기꺼이 비를 맞아가며 희생하는 정신. 누구는 같은 조 훈련병을 위해 고민의 여지도 없이 야전삽을 들었고, 그리고 누구는 자기가 담당하는 훈련병들을 조금이라도 빨리 재우게 하기 위해서 잠도 안 자고 비를 맞아가며 훈련병들과 같이 삽질을 했지."

그러고 보니 우매한의 전투복에 진흙이 잔뜩 묻어 있다.

아마도 전자는 이도훈, 그리고 후자는 우매한을 가리키는 말이리라.

"너희 같은 놈들이 있기에 이 좆같은 군대도 나름 사람 살아가는 맛이 있다. 알겠냐?"

"예."

"알겠습니다."

"허허, 거참, 아무리 봐도 탐난단 말이야. 123번."

"123번 훈련병 이도훈!"

"자네 조교로 들어올 생각 없나?"

"······."

선택의 기로.

행보관 정도의 짬밥이라면 충분히 도훈을 조교로 배치할 수 있을 것이다.

게다가 도훈에게는 혁혁한 공로를 세운 전적이 있기에 별다른 무리 없이 조교로 선출될 수도 있다.

하지만 도훈은 작게 고개를 저으며 거부의 뜻을 밝힌다.

"조교는 아무래도 제 체질이 아닌 거 같습니다."

"힘들게 보여도 조교도 나름 할 만하다. 훈련병 담당 기간이 끝나면 나름 휴가도 길게 주고 진급도 빨리 하고. 맨날 이렇게 개고생만 하는 건 아니니까. 그리고 우매한 이 녀석은 스스로 고생을 자처하는 부분도 있으니까 너무 어렵게 생각하지 말고 한번 고려해 봐라."

"죄송합니다만, 저는 달리 가고 싶은 부대가 있습니다."

"음, 그래?"

행보관이 고심의 표정을 지어 보인다.

도훈에게는 명확한 목표가 있다.

자신이 있던 부대로 돌아가는 것.

비록 좆같은 선임도 있고 사이코 같은 선임도 있었지만, 그래도 그리운 전우들의 얼굴이 다시 한 번 보고 싶은 것이다.

"자네도 알겠지만, 원하는 부대가 있다 하더라도 요즘 자대 배치는 무작위로 굴리는 거 잘 알고 있지?"

행보관이 확인하려는 듯이 도훈에게 묻는다.

그러자 힘차게 고개를 끄덕이며 도훈도 역시 잘 알고 있다는 의사를 내비친다.

"물론입니다."

"그런데도 불구하고 행운을 노리겠다?"

"이뤄지기 힘들지도 모르지만, 그래도 제가 그만큼 가고 싶은 부대가 있기에 다른 결과가 나오더라도 후회하지 않겠습니다."

"남자구만, 남자야! 하하하!"

행보관이 무릎을 탁 치면서 진심으로 아깝다는 듯이 말한다.

"우매한도 그렇고 너도 그렇고 요즘 사내 녀석들은 아주 배포가 좋아! 이 행보관은 나름 군 생활을 많이 했다고 생각했는데 너희 같은 녀석들은 몇 만나보지 못했다! 술이라도 있으면 한잔 줄 텐데 참으로 안타깝구만."

"나중에 사회에 나갔을 때 사주시면 됩니다."

"그럼! 암! 내가 술 한잔 못 사주겠나? 나가면 언제든지 연락해!"

"감사합니다."

행보관의 기분이 한층 좋아졌는지 연신 도훈의 어깨를 두

드리며 칭찬 콤보를 날린다.

우매한은 평소와 같이 무뚝뚝하게 라면을 먹을 뿐 별다른 반응을 보이지 않았지만 그 역시도 도훈을 높게 평가하는 건 사실이다.

훈련병인데도 훈련병답지 않은 기교와 경험을 보여주는 이상한 남자.

그게 바로 123번 훈련병 이도훈이다.


새벽에 벌어진 폭우 사건으로 인해 온몸이 만신창이가 되어 돌아온 훈련병들.

다음 날 있을 야간 행군을 위해 오랜만에 휴식을 부여한 행보관의 특별 지시 덕분에 훈련병들은 모처럼 각개전투로 인한 피로를 풀어내고 있다.

"아~ 살 것 같다."

매번 있는 일이지만 훈련병 주제에 다리를 쭉 뻗고 매트리스 위에 머리를 올려놓고 누워 도훈이 늘어지게 한소리 내뱉자, 곁에 있던 철수 역시도 말을 곁들인다.

"어제는 추웠다가 오늘은 따뜻했다가. 인생사 완전 오르막 내리막이구만."

"그러게 말이다. 바닥도 뜨끈하고 좋네."

보일러병이 오늘따라 열심히 일하는지 생활관 바닥의 온

도는 이미 적정선을 넘어 정도로 뜨거움을 발산하고 있다.

하지만 그 뜨거움이 이번만큼은 딱 좋다는 느낌이다.

새벽에는 추운 날씨 속에서 바들바들 떨며 야간 숙영을 했는데 오늘은 따스함과의 친밀도를 열심히 다지는 중이다.

'모처럼 쉬는 시간이니까 미뤄뒀던 숙제나 해볼까.'

도훈에게 있어서 미루고 있던 숙제라 함은 다름 아닌 이도훈 서포터즈의 활동 방향이다.

천장을 바라보며 어떤 식으로 계획을 짜볼까 생각하던 도훈은 몇 가지 의문이 스멀스멀 기어옴을 느꼈다.

'그 녀석들이 날 서포터해 줄 수 있는 한계가 어디까지인지를 모르겠네.'

어제 같은 경우 만약 폭우를 멈추게 해달라고 말했으면 그걸 들어줬을지도 모른다는 생각도 든다.

차원관리자니까 말이다.

말 그대로 해당 차원을 관리하는 녀석들이다.

그렇다면 날씨 정도는 가볍게 조종할 수 있지 않을까 하는 생각을 해보는 도훈이다.

하지만 그건 어디까지나 심증에 불과하다.

여태 그녀들의 행태를 보아오면서 알게 된 능력은 고작해야 인간의 육체를 구성하는 것, 순간이동, 투명화, 그리고 무기 소환밖에 없었으니까 말이다.

하나같이 서포터즈에 어울리지 않는 도움 안 되는 능력만 보여준 3인방에게 어떤 식으로 서포터를 기대해야 좋을지 감도 안 잡힌 도훈은 결국 한 가지 수단을 취하게 된다.

"야, 김철수."

"왜?"

"나 분리수거장 갔다 올 테니까 무슨 일 있으면 부르러 와."

"너 은근히 분리수거장 자주 간다? 거기에 뭐 보물이라도 있어?"

"진짜 보물이라면 얼마나 좋겠냐."

절로 한숨을 쉬며 자리에서 일어선 도훈이 천천히 활동화를 신는다.

보물이 아니라 애물단지를 만나러 가는 길이기에 도훈의 발걸음은 무거울 따름이다.

\*       \*       \*

"아아."

잠시 목소리를 가다듬은 도훈이 주변에 아무도 없음을 확인하고 천천히 발성을 내본다.

"통신 보안. 이도훈 서포터즈, 수신 양호한지."

"그건 또 무슨 해괴망측한 언어야."

변함없이 아무것도 없던 공간에서 툭 튀어나온 여성이 퉁명스럽게 말하며 모습을 드러낸다.

오늘 등장한 인물은 다름이 아닌 된장녀, 아니, 트위들디.

"왜 너 혼자야?"

"나 말고 누구를 원했는데?"

"앨리스."

"어머나! 둘이 사귄다는 소문이 사실인가 보네?"

"사귀기는 개뿔. 제일 호구 녀석이 앨리스니까 부르는 거지."

"감히 내 앞에서 다른 여자 이야기를 당당하게 하다니 남자 주인공 실격이야."

"누가 니 인생의 주연을 맡는다고 했냐. 잔말 말고 앨리스도 불러."

불만족스러운 표정을 지어 보이던 트위들디가 선글라스를 고쳐 쓰며 짧게 박수를 친다.

그러자 금세 모습을 드러낸 앨리스가 도훈에게 달려들려 하지만, 미리 예상했다는 듯이 앨리스의 이마에 손을 쭉 뻗어 일찌감치 거리를 벌린다.

"왜 나의 사랑을 방해하는 거야!"

"업무에나 충실해라, 차원관리자."

앨리스의 애정 공세를 물리치고 있는 도훈에게 트위들디가 질문한다.

"팀장님도 불러줘?"

"아니. 다이나는 부르지 마."

"왜?"

"그 녀석은 까다롭거든."

"내가 보기에는 니가 제일 까다로운데?"

"시끄러워, 된장녀야. 그나저나 선글라스 좀 벗고 다녀라."

"싫어. 명품이란 말이야."

"넌 명품이면 무조건 몸에 지니고 다닐 생각이냐?"

"그야 당연하지. TV가 알려줬는데, 여자는 항상 누군가를 만날 때 명품을 몸에 걸치고 다녀야 다른 녀석들한테 기가 안 눌리고 다닐 수 있대."

"내가 TV 없애라고 말 했냐, 안 했냐!"

괜히 차원관리국 여자들에게 안 좋은 문화를 전파시킬까 두려움에 떤 도훈이지만, 지금은 그게 중요한 것이 아니기에 차후에 해결해야 할 문제점으로 남겨두고 둘을 부른다.

"일단 하나 물어보자. 서포터는 건 정확히 무슨 기준으로 해줄 수 있는 거지?"

답변을 내민 쪽은 다름 아닌 앨리스보다 더욱 많은 경력을 가지고 있는 트위들디 쪽이었다.

"상식적으로 가능한 범위 내에서."

"그건 다이나한테도 들었어. 내 요구는 '정확한 기준'이라는 게 뭐냐는 거야."

"무슨 뜻인지 잘 이해가 안 되는데?"

"좋아, 예를 들어보자. 어제저녁 야간에 숙영을 하는데 비가 왔어. 그럼 내가 너한테 비를 멈춰달라고 말하면 비를 멈춰줄 수 있어?"

"큰 영향을 주지 않는 범위 내에서라면."

"…큰 영향?"

"이건 설명하기 귀찮은데."

노골적으로 귀찮다며 툭툭 앨리스의 허리를 팔꿈치로 찌르는 트위들디의 저런 행동은 100% '앨리스, 네가 설명해줘'라는 의도임이 틀림없다.

곧장 트위들디의 의도를 알아차린 앨리스가 또랑또랑한 목소리로 설명을 이어나간다.

"이 차원에 지대한 영향을 끼치지 않는 범위 내에서라면 가능하다는 뜻이야."

"좀 더 구체적으로 상세하게."

"예를 들자면, 어제저녁 비가 내렸다는 예시를 들어볼게. 그런데 네가 나한테 비를 멈춰달라고 말했어. 그래서 비를 멈췄다고 가정해 봐. 그렇다면 만약 오늘과 같은 휴식 시간이 없겠지?"

"뭐… 아마도 그러지 않을까."

"오늘과 같은 휴식 시간이 없다면 분명 또 다른 훈련을 했을 거야. 그런데 그 훈련을 통해서 누군가가 부상을 입고, 그 부상으로 인해 사망하는 단계까지 도달한다고 생각해 봐."

물론 실제로 그런 일이 벌어지기는 매우 힘들다. 하지만 전혀 불가능한 일은 아니다.

결국 앨리스가 말하고자 하는 의도는 도훈이 만약 어제 비를 멈추게 해달라고 부탁했다면 누군가의 생명을 단축시킬 수 있는 영향을 끼치게 된다는 의미다.

"이처럼 현재의 차원에 영향을 미칠 수 있는 일종의 '결과'라는 형태가 나오지 않는 범위 내에서라면 네 부탁을 들어줄 수 있게 되어 있어. 이것이 바로 '이도훈 서포터즈'가 할 수 있는 능력의 한계야."

"그렇다면 너희는 내가 무슨 부탁을 하든 그 부탁이 얼마나 이 세계에 영향을 미칠지에 대한 결과를 미리 알고 있다는 의미네?"

"우리도 정확히는 알지 못해. 그래서 네가 부탁한 내용을 듣고 차원관리국 내에 있는 첨단 장치에 입력시키지. 그래서 만약 네 부탁으로 인해 이 세계에 영향을 미칠 가능성이 제로에 가까우면 들어주는 거고, 한계선인 숫자 '10'을 넘게 되면 들어줄 수 없는 부탁이라는 의미가 돼."

　도훈이 서포터즈에게서 받을 수 있는 서포터는 한계선인 '10'을 넘지 않는 수치 내에서 가능하다는 의미다.

　이야기를 듣던 도중 한 가지 의구심이 든 도훈이 앨리스에게 재차 질문한다.

　"그럼 만약 네가 너한테 받은 '소원'을 사용하게 된다면 수치 '10'이 넘는 부탁을 한다 해도 이뤄줄 수 있다는 뜻이야?"

　"그건……."

　말을 이으려는 앨리스의 입을 탁 막아버린 트위들디가 선글라스를 고쳐 쓰며 말한다.

　"그건 내가 대신 말해주지."

　"여태 가만있던 된장녀가 무슨 심경의 변화를 일으킨 거냐?"

　"기껏 나왔는데 아무런 말도 없이 가만있으면 인지도가 떨어질 거 같아서."

　"이상한 말을 한 것 같지만 아무렴 어때. 계속해 봐."

　"결론만 말하자면 가능해."

　"흐음."

　고민에 휩싸인 도훈이지만, 트위들디는 할 말을 계속해서 이어나간다.

　"넌 앨리스와 계약을 맺은 거야. 계약의 보답 형태인 '소

원'은 인과율 수치 10을 넘겨도 들어줄 수 있게끔 차원관리
국에서 자체적으로 허용했어. 그렇기 때문에 만약 네가 '소
원'을 사용한다면 인과율 10이 넘는 부탁이라도 우리는 들어
줄 의무가 있지."

"오케이. 납득했다."

무릎을 탁 치고 일어선 도훈의 머릿속에는 서포터라는 개
념에 대해 말끔히 정리된 지 오래이다.

인과율 수치 10 이하의 부탁만을 들어줄 수 있는 게 이도훈
서포터즈의 한계점. 즉 10이 아닌 2, 3, 4 수치의 부탁은 서포
터즈 내에서도 충분히 소화할 수 있다는 뜻이다.

물론 도훈의 입장에서는 어느 부탁이 인과율 10 이하가 나
오는지에 대해서는 아직 제대로 감을 잡을 수가 없다.

그러나 기후를 바꾸거나, 아니면 타인의 인생을 바꾸게 되는
커다란 분기점을 선사할 만한 그런 부탁은 인과율 수치 10 이
상이 나온다는 사실은 감으로도 알 수 있었다.

"잘 알았다. 그러니까 이제 퍼뜩 집으로 돌아가도록."

"뭐야! 기껏 불렀으면서!"

트위들디와 앨리스가 너무한다는 듯이 화를 낸다.

하지만 도훈도 오랫동안 여기에 시간을 투자할 여유가 없
기에 빨리 돌아가라는 말만 매몰차게 남길 뿐이다.

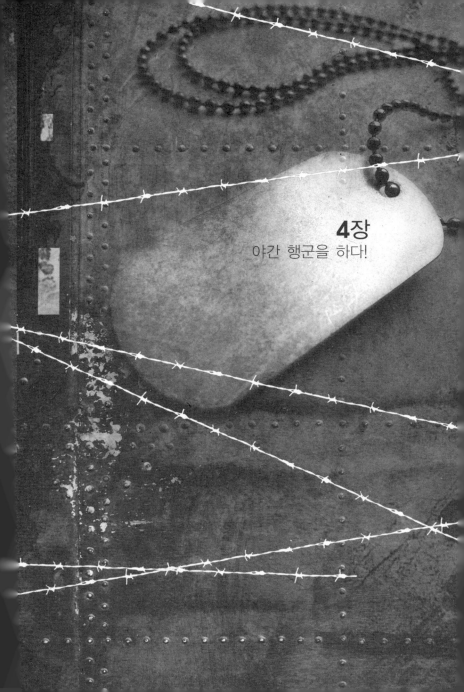

**4장**
야간 행군을 하다!

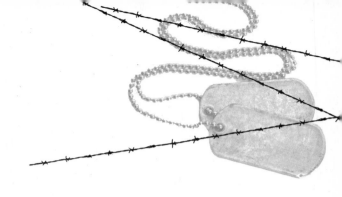

드디어 그날이 오고 말았다.

그동안 받아온 훈련소의 최종 집결체이자 마지막 관문 야
간 행군!

야간 행군은 주간 행군과는 엄연히 다르다.

주간 행군이 16~7㎞의 산책로 수준이라면, 야간 행군은
40㎞가 넘어가는 대행군.

게다가 야간에 하는지라 졸음과의 사투가 부가적으로 따
라온다.

더욱이 지금은 한겨울.

10분간 잠시 쉬는 사이에도 군장에 서리가 내린다는 추위와도 싸울 대비가 되어 있어야 하는 게 바로 야간 행군의 대비책이다.

아침에 일어나서 주섬주섬 군장을 챙기는 훈련병 일동.

시작은 저녁 먹고 난 이후에 8시가 되겠지만, 군장을 미리 싸놓으라는 교관의 지시에 의해 훈련병들은 아침부터 부지런히 군장을 챙기고 있는 중이다.

그중에서도 도훈의 군장 싸기 실력은 단연 일품이다.

이미 수십 번의 군장을 챙겨본 경력을 가지고 있는지라 30분도 안 돼서 전부 다 완전군장으로 만들어 버렸다.

야전삽 결합은 물론이요, 군장 주머니에 잘 들어가지도 않는 반합까지 기교 넘치는 손 플레이(?)로 완벽하게 삽입 완료. 모포 두 개도 재주껏 넣어서 빵빵하게 배를 불렸다.

그 외 전투복을 포함해서 군장에 들어가야 할 물품들을 적재적소에 배치해 최대한 군장이 행군하는 사이 흔들리지 않게끔 빈틈을 메워놓는다.

반면, 철수는 영성한 군장 적재에 쓸데없이 부피만 커져 한눈에 봐도 군장이 행군 사이에 무참히 흔들릴 것이 환히 보인다.

"제대로 좀 넣어봐라. 이게 뭐냐."

도훈이 철수의 군장을 들고 지적하자, 철수가 살짝 주눅 든 표정으로 나름 소신 있게 말한다.

"그래도 괜찮게 쌓았다고 생각하는데."

"괜찮긴 개뿔. 내용물이 다 흔들리잖아. 이러면 고생하는 건 너라고."

"내용물이 흔들리면 안 되는 거야?"

"넌 등산도 안 해봤냐. 배낭 안의 내용물이 흔들리면 몸의 중심이 왔다 갔다 하잖아. 그것 하나만으로도 체력이 순식간에 줄어든다고. 게다가 이건 산악 배낭이 아니라 군장이라고. 거의 쌀 한 가마니를 등에 짊어지고 이동한다고 생각해라. 그렇게 보면 대충 우겨 넣으면 안 되지."

"흐음. 그렇구만."

고개를 끄덕이며 도훈의 말에 납득한다는 제스처를 취한다.

비록 같은 일반 훈련병 신분이지만 도훈의 기질과 재치, 그리고 지식은 확실히 훈련병들에게 도움이 된다.

물론 말년병장의 지식이기에 도움이 안 될 리가 없지만 적어도 같은 훈련소 훈련병들은 그렇게 느끼고 있다.

행보관과 우매한 조교도 도훈을 인정하지 않았는가.

조교로 스카우트 제의를 받을 정도면 말 다 한 것이다.

어차피 본인의 군장은 다 쌌기에 도훈은 남는 시간에 철수의 군장을 챙겨주기로 한다.

옆에서 하나하나씩 어떤 식으로 군장 물품을 적재해야 하는지, 그리고 반합과 야전삽은 어느 쪽에 달아야 하는지 알려주고 군장 챙기기가 끝나자 점심을 먹기 직전이다.

점심을 먹고 난 이후 야간 행군 직전, 간단한 야간 행군 교육을 받기 시작한 훈련병들.

정신교육 장소로 매번 이용되고 있는 다용도 교회 건물에 집합한 훈련병들은 긴장감 넘치는 표정으로 교관이 하고 있는 야간 행군 교육을 경청하고 있다.

"오늘 우리가 이동할 코스는 대략 이렇다."

프레젠테이션으로 간략한 전체 지도를 보여준다.

얼핏 봐도 산이 대략 세 개 정도가 보인다.

등고선으로 따지자면 두 개 정도는 간단한 언덕이라고 할 수 있지만 한 개가 엄청나게 난코스다.

"에… 이 산은 우리 사이에선 '피눈물산'이라고 불리는데 왜 피눈물산인지는 굳이 내가 설명해 주지 않아도 다들 알고 있으리라 예상한다."

너무나도 잘 알고 있을 것이다.

괜히 피눈물산이라는 명칭이 붙었겠는가.

보나마나 '훈련병들의 피와 눈물을 쏙 빼놓을 정도로 어이없는 높이를 자랑하는 산'이라는 이유 때문에 그렇게 불리는 것이리라.

"오르막길은 대략 45도에 육박하고 내리막길도 상당히 가파르다. 재수가 없어 미끄러지기라도 한다면 최소 피멍으로 끝나는 걸 다행으로 여겨야 할지도 모르니 정신 바짝 차리도록. 알겠나."

"예, 알겠습니다!"

"그리고 다음 난코스다."

라고 말하면서 지휘봉으로 일자형 거리를 가리킨다.

"바로 여기다."

"……?"

모든 훈련병이 의아함을 표한다.

왜 하필 일자형 거리인가?

물론 폭이 좁아 보이는 건 사실이지만, 그렇다고 딱히 어려워 보이지는 않는다.

경사가 있는 것도 아니고 평탄해 보이는 일자 길인데 말이다.

하지만 교관은 이 길을 무시하지 말라며 말을 잇는다.

"오늘 사전 답사를 갔다 온 행보관님께서 말씀하시기를……."

다음 말이 뭐가 나올지 긴장한 훈련병들에게 교관이 사형 선고와도 같은 말을 내뱉는다.

"얼음 구간이라고 한다!"

"……!!"

얼음 구간!

그것은 어찌 보면 산행길보다도 더 어려운 코스이기도 하며, 겨울에만 나타나는 난코스 중 하나다.

자칫 잘못하다가 미끄러지기라도 한다면 손목과 발목이 삐끗할 우려도 상당하며, 잘못하다간 중상을 입을 수도 있다.

게다가 무거운 군장을 들고 행군하는 훈련병들인지라 무게중심 잡기도 쉽지가 않다.

빙판길 한가운데에서 미끄러지기라도 한다면 어떤 중상을 입을지 감도 안 잡힌다.

"뒤에서 구급차가 항시 대기하고 있겠지만, 특히 산행 길보다는 이 빙판길을 더 조심해서 신경 쓰도록. 알겠나!"

"알겠습니다!!"

"주의해야 할 코스는 대략 이 두 가지다. 대대장님께서도 이번 기수들에게 상당히 많은 기대를 가지고 계시기 때문에 한 명의 낙오자 없이 야간 행군을 무사히 마칠 수 있길 바란다. 이상!"

대략적인 야간 행군 코스 교육이 끝나고 난 이후 생활관으로 복귀한 훈련병들의 표정이 하나같이 어둡게 변한다.

주간 행군에서 나름 자신감을 얻은 훈련병들이지만 야간

행군은 많이 다르다.

졸음, 그리고 추위와의 싸움! 더욱이 난코스가 두 개나 존재한다.

"쉽지 않은 행군이 되겠어."

도훈도 나름 행군을 많이 해본 말년병장이지만, 훈련소에서는 언제 어떤 사고가 벌어질지 알 수가 없다.

도훈의 2년 전 기억에서도 꽤나 이번 야간 행군 코스는 난코스 중 하나로 기억되어 있다.

그때도 도훈은 숨을 헐떡이며 포기할까 말까 생각한 적이 여러 번 있었다.

하지만 겨우겨우 행군을 마칠 수 있었고, 그다음 무사히 훈련소에서 수료를 받을 수 있었다.

즉, 이번 야간 행군에 이변만 생기지 않는다면 무난하게 훈련소를 퇴소할 수 있다는 말.

"이번이 고비다. 최대 고비야."

야간 행군을 대비해서 미리 몸이라도 풀어둘까 생각한 도훈이지만, 훈련병 신분으로 멋대로 헬스장을 이용할 수도 없다.

어쩔 수 없이 생활관 내에서 간단한 스트레칭이라도 실시하려는 찰나 우매한 조교가 모습을 드러낸다.

"123번 훈련병, 말년병장입니까?"

"죄송합니다!"

속으로 혀를 차며 우매한의 방문에 못마땅해하며 도훈이 빈말을 한다.

갑작스런 우매한의 출현에 모든 훈련병이 하던 일을 멈추고 조교를 바라본다.

그러자 우매한이 조교모를 깊게 눌러쓴 채로 이들에게 새로운 소식을 전한다.

"야간 행군이 끝나고 훈련소를 퇴소하기 전에 훈련병들에게 특별히 임시 면회가 주어집니다. 알고 있습니까."

"인터넷에서 본 적이 있습니다!"

철수가 손을 번쩍 들고 우매한의 질문에 답한다.

자대 배치를 받고 훈련소 퇴소 바로 직전, 그러니까 아주 짧은 시간 동안 훈련병에게 부모님, 혹은 여자 친구 등 일시적으로 면회를 하게끔 배려해 주는 시스템을 의미한다.

예전에는 없었지만 요새는 선진 병영이다 뭐다 해서 군의 이미지를 상승시키려는 목적인지 이런 시스템이 속속들이 모습을 드러내는 추세다.

물론 도훈의 부모님은 바쁘시기 때문에 오지 못한다. 2년 전에도 그랬다.

그래서 도훈에게는 별로 도움이 되지 않는 면회권이지만

철수는 다른가 보다.

"124번 훈련병은 면회 올 사람 있습니까?"

"여자 친구가 있습니다!"

순간, 훈련병들의 부러움이 담긴 '오~' 함성이 생활관을 채우기 시작한다.

철수의 여자 친구는 일단 들어본 바에 의하면 이상할 정도로 철수에 대한 집착도가 높다.

철수가 말한 대로 진짜 철수가 밤일을 잘해서 여자가 철수에게 확 꽂힌 것인지 아닌지에 대해서는 도훈의 입장으로서는 확인 불가능하지만, 여하튼 온다니 축하해 줘야 하지 않겠는가.

"그럼 124번, 면회 접수 용지 제출하기 바랍니다. 또 다른 훈련병 없습니까?"

"123번 훈련병에게도 주시면 안 되겠습니까?"

이번에도 철수가 한 말이다.

도훈은 철수의 옆구리를 쿡쿡 찌르며 면회 올 사람도 없는데 내가 왜 받느냐고 항의하지만 철수가 입을 씰룩거리며 대답한다.

"내가 저번에 말했잖아. 여자 소개시켜 준다고."

"…뭐?"

"저번에 여자 친구한테 편지 보냈거든. 훈련소에서 만나게 된 절친이 있는데, 허공에 좆질을 할 정도로… 가 아니고, 여하튼 그 정도로 여자가 고픈데 주변에 아는 싱글 있으면 데려오라고."

"설마 데리고 오겠냐, 병신아. 괜히 기대했다가 실망만 커진다."

"어허, 걱정하지 말라니까. 나 김철수야, 김철수. 비록 군인으로서는 낙제점일지 모르지만 의리 하나만큼은 수석 장학생이라고!"

"말은 잘하는구만."

그래도 신뢰라는 건 언제 들어도 좋은 어감을 지닌 단어다.

어차피 밑져야 본전.

도훈은 손해 볼 것은 없다는 생각에, 그리고 야간 행군 이후 회포도 풀 겸 오랜만에 미인들과 식사라도 하자는 생각에 어쩔 수 없이 면회 신청권을 받아 들게 된다.

"만약 폭탄이 온다면 알아서 해라, 김철수."

"야, 걱정 붙들어 매시지. 내가 얼마 전에 사진까지 확인했으니까."

"예쁘냐?"

"한번 볼래?"

"…줘봐."

그래도 남자인지라 슬쩍 사진을 받아 본 도훈.

순간, 엄청나게 눈부신 후광이 사진에서 뿜어져 나온다.

"씨발! 연예인이냐?!"

"어때? 예쁘지?"

"역시 나의 절친! 야! 당장 쓰자! 면회 신청 용지! 펜, 펜을 나에게 다오! 명필로 써주마!!"

갑자기 의욕이 불끈 불타오른 도훈의 머릿속에 앨리스의 '다른 여자 소개 받지 마!' 라는 경고 문구는 사라진 지 오래였다.


*　　　*　　　*


저녁 식사를 마치고 나서 간단히 마지막 준비를 마친 뒤 훈련병들은 비장한 표정으로 연병장에 집합한다.

도훈과 철수, 그리고 이들이 속해 있는 2중대 7조 인원들 역시도 마찬가지다.

긴장하고 있는 것은 훈련병뿐만이 아니다.

훈련소의 마지막을 장식할 하이라이트이자 거대한 난관이 기도 한 야간 행군에 교관과 조교들 역시도 긴장 어린 표정을 유지하고 있다.

우매한도 마지막까지 훈련병들의 군장을 일일이 점검하며

혹시 모를 안전사고에 대비하고 있다. 역시 FM 조교다운 행동이다.

행보관 또한 훈련병들에게 야간 행군 시 주의해야 할 사항을 알려준다.

"행군 중 몸에 조금이라도 이상이 있을 시 즉각 조교나 교관에게 말하도록! 알겠나?"

"예, 알겠습니다!"

행보관의 말을 끝으로 가볍게 오와 열을 맞추며 대대장이 강단 위로 올라오기만을 기다린다.

천천히 시멘트 계단을 오르며 훈련병 앞에 모습을 드러낸 대대장은 훈련병들을 한 번씩 쭉 훑어본다.

그사이 중대장 중에서 가장 짬이 높은 1중대 중대장이 대표로 신고한다.

"충성! 야간 행준 준비 끝!"

"쉬어."

"쉬어!"

대대장의 명에 따라 가볍게 쉬어 자세로 돌아간 훈련병들.

이들의 상태를 다시 한 번 훑어본 대대장이 딱딱한 표정으로 훈련병들에게 말한다.

"우리는 지금 이번 훈련소 과정의 최대 고비이자 마지막 난관을 맞이하고 있다!"

마이크가 없음에도 불구하고 맨 뒤에 있는 훈련병의 귀에까지 또렷이 들릴 정도로 박력 넘치는 대대장의 목소리.

그만큼 이번 야간 행군이 가지고 있는 의미가 얼마나 중대하고 큰지 알 수 있다.

"지금까지 이번 기수 훈련병들은 이 대대장이 생각했던 것 이상의 성과를 보여줬다! 우수한 사격 실력과 더불어 수류탄 훈련 시의 빠른 대처 능력! 주간 행군엔 한 명의 낙오자도 없을뿐더러 야외 숙영 때는 예상치 못한 폭우에 맞서 배수로 작업을 하느라 그간 노고가 많았음을 이 대대장 역시도 잘 알고 있다!"

대대장의 목소리가 점점 차가운 겨울밤의 공기를 가르기 시작한다.

"그리고 지금 우리는 드디어 마지막 최종 난관에 봉착했다! 총 42km의 야간 행군이 바로 여기 있는 훈련병들의 마지막 장애물이 될 것이며, 우리는 혼자가 아닌 모두가 모여 이 장애물을 넘을 것이다! 알겠는가!"

"알겠습니다아!"

"한 명도 낙오하지 마라! 그리고 한 명도 뒤처지지 마라! 이것이 너희가 자대 배치되기 전까지 대대장을 맡은 나의 최초이자 마지막 명령이다! 알겠나!!"

"예, 알겠습니다!!"

"파이팅!!"

"파이팅―!!"

대대장의 목소리가 훈련병들의 사기를 순식간에 돋운
다.

도훈 역시도 목에 두르고 있는 K―2 소총을 고쳐 메며 코
끝이 시큼해지는 것을 느낀다.

추운 겨울 날씨 탓에 생기는 콧물 현상이 아니다.

정말로 마지막.

자대 배치만을 남겨두고 있는 이들이 함께, 그리고 전우로
서 겪을 수 있는 마지막 훈련만이 남아 있는 것이다.

"출발!!"

"1중대 파이팅!!"

"파이팅!!"

선두에 선 1중대 중대장의 기합 소리와 함께 훈련병들 역
시 파이팅을 외치며 2열로 중대장의 뒤를 따른다.

뒤이어 2중대 중대장 또한 이에 지지 않겠다는 듯이 2중대
특유의 늘어지는 파이팅 소리를 있는 힘껏 복창한다.

"2중대!! 파아아이이티이이잉!!"

"파아아이이티이이잉!!"

기합이 잔뜩 들어가 있다.

출발하면서 여기저기서 서로를 독려하기 위해 파이팅 구호를 외친다.

출발하기 직전, 7조 사이에 서 있던 우매한 조교가 지금까지 볼 수 없던 상기된 표정으로 이들에게 목소리를 높인다.

"한 명이라도 뒤처진다면 단체 얼차려 부여하겠습니다! 알겠습니까!"

"예, 알겠습니다!"

"마지막 순간까지! 젖 먹던 힘까지 다해 이 훈련 마치도록 합니다!"

"예!"

우매한도 기합이 단단히 들어가 있다. 여기에 빠질 도훈이 아니지 않는가.

"7조 씨발 새끼들아! 뒤처지는 새끼 있으면 내가 엉덩이를 걷어차 버릴 테니까 차이기 싫으면 그 좆같은 면상으로 뒤처지지 마라!"

"너나 잘해라, 척척박사!"

"천하의 이도훈이 말하는데 7조인 내가 뒤처질 리가 있겠냐?"

"살아서 보자고, 개새끼들아!"

"7조 파이팅!"

"파이팅!!"

정말로 마지막이다.

짧은 기간이지만 웃고 떠들던 7조 녀석들과 함께할 수 있는 마지막 시간.

도훈은 개 같은 야간 행군이지만 그래도 하늘의 높은 분이 보고 있다면 그 존재에게 적어도 야간 행군이라는 마지막으로 어울릴 수 있는 시간을 부여해 줘서 정말 감사하다는 말을 전하고 싶은 심정이다.

몸은 고달프겠으나 마음은 든든하다.

비록 어둠에 가려져 옅은 시야지만 보이지 않는 곳에서 전우의 숨결을 느끼며 전우의 체온을 알 수 있다.

앞과 뒤, 그리고 옆에 자신을 격려해 주는 전우가 존재한다.

그 사실 하나만으로도 도훈은 이 지긋지긋한 야간 행군을 무사히 끝낼 수 있는 용기를 보급 받을 수 있었다.

\*       \*       \*

행군이 시작된 지 두 시간째.

숨은 턱까지 차오르고 어둠은 점점 훈련병들의 발목을 옭아매기 시작한다.

"하, 하아……!"

뒤에 따라오는 철수의 호흡이 점점 가빠오고 있다.

덩치는 크지만 그에 비해 체력이 낮은 철수가 걱정된 듯 도훈이 철수의 안부를 묻는다.

"야, 견딜 만하냐?"

"아직까지는 그럭저럭."

"힘들면 언제든지 말해. 괜히 오기 부리지 말고."

"짜샤, 마지막까지 함께하기로 했잖아. 니가 두 시간 전에 했던 말 기억 안 나냐? 뒤처지는 새끼 있으면 엉덩이를 걷어차 버리겠다고."

철수의 말에 맞은편에서 걷고 있던 다른 열의 7조 훈련병이 피식 웃으면서 말한다.

"하하하!! 우리 척척박사 아저씨, 의외로 금붕어 기억력이었구만. 어떻게 3초를 못 가냐."

"감히 어느 입이 나 이도훈님을 모욕하는 게냐. K—2 총구를 입안에 쑤셔 버릴라."

그래도 아직까지는 서로 여유롭게 말을 주고받을 수 있을 정도의 수준은 되고 있었다.

앞으로 아홉 시간이라는 행군을 버텨야 하는데 두 시간도 채 지나지 않았다.

벌써부터 나약한 모습을 보이면 안 된다.

잠시 끊긴 대화를 뒤로하고 묵묵히 걸어가던 와중에 우매한 조교의 목소리가 들려온다.

"훈련병들은 갓길로 들어옵니다!"

형광봉으로 훈련병들이 가야 할 방향을 지시하는 우매한의 말에 따라 무거운 발걸음을 이끌고 2차 휴식지에 도달한다.

하나둘 자리에 털썩 앉은 채로 거친 호흡을 고르기 시작하는 훈련병들의 전투복은 이미 땀으로 흠뻑 젖은 상태.

특히나 군장과 마찰되는 등 부분은 이미 한여름에 흠뻑 땀에 젖은 것과 같은 모습이다.

하지만 땀보다도 더 문제가 되는 또 다른 장애 요소가 있었으니.

"아, 씨발. 벌써 물집인가. 주간 행군 때도 안 생긴 물집이 생기다니."

7조 훈련병 중 몇몇이 물집이 생긴 것이다.

주간 행군 때 미리 물집을 생기게 해서 굳은살을 만들어낸 도훈은 다시 전투화를 매고 자리에서 일어나 우매한 조교에게 다가간다.

"혹시 반창고와 붕대 좀 얻을 수 있습니까?"

"의무대에 가면 얻을 수 있습니다. 무슨 일입니까?"

"7조 인원 몇 명이 벌써 물집이 생긴 거 같습니다."

"……."

우매한의 표정에 살짝 그늘이 진다.

우매한이 담당하고 있는 2생활관 소속의 7조이기에 도훈의 보고를 쉽게 넘길 순 없다.

게다가 도훈에게 듣자 하니 이들은 주간 행군 때도 물집이 생기지 않았던 인원.

물집이 잡힌 채 행군을 하게 된다면 낯선 그 통증이 얼마나 훈련병의 발목을 잡을지 아마 본인들은 모를 것이다.

"일단 의무대에 말해서 123번 훈련병에게 붕대와 반창고를 나눠 주도록 하겠습니다. 나머지 치료는 본 조교에게 맡기고, 123번 훈련병도 행여나 물집이 생길 경우에는 본인이 임시적으로 치료합니다. 알겠습니까?"

"저도 조교님과 같이 환자들을 돌보겠습니다."

"훈련병은 본인 몸만 챙기면 됩니다. 여기서 또 무엇을 하려고……."

"저도 동참합니다."

"……."

도훈의 강경한 의지를 담은 시선에 순간 우매한은 할 말을 잃고 만다.

지금까지 보아온 도훈의 능력은 충분히 자신을 뛰어넘을 것이다.

훈련병이면서도 동시에 훈련병이 아닌 이상한 존재.

작업 능력도 웬만한 짬밥 높은 사병보다도 한참 우위에 서 있을뿐더러 병기본 지식 또한 출중하다.

게다가 수류탄 사건에서는 우매한도 눈치채지 못한 사건의 전모를 도훈은 진작부터 눈치채고 있었다.

우매한이 인정하는 유일한 훈련병, 아니, 진짜 사나이.

자주 말년병장과 같은 텃새를 부리는 안 좋은 버릇이 있지만, 도훈은 그 누구보다도 군대에 대한 적응력이 빠르며 월등하고 압도적인 행동력을 선보였다.

그의 행동이 분명 이번 야간 행군에서도 빛을 발할 것이다.

그리고 이도훈이란 존재는 필히 다른 훈련병들에게 모범이 될 것이며, 대대장의 연설 못지않은 사기 상승을 이뤄낼 것이다.

"123번 훈련병."

"123번 훈련병 이도훈!"

"사실 본 조교는 123번 훈련병이 처음부터 마음에 들지 않았습니다."

"……."

이들의 첫 만남은 도훈이 생각한 것과 일치한다.

매번 도훈의 행태에 지적질, 지적질, 그리고 지적질. 도훈은 처음 이 차원으로 건너왔을 때 우매한을 융통성 없는 꽉 막힌 일병 찌끄러기 새끼라고 생각했다.

그리고 우매한은 벌써부터 말년병장 티를 내는 버릇 안 좋은 훈련병이라고 생각했다.

서로가 서로의 만남에 있어서 첫 인상은 매우 최악이었음에 틀림없다.

하지만 서로는 점차 그들의 능력을 인정해 갔다.

도훈은 우매한에 대해 강한 정신력과 본보기가 될 만한 모습을,

그리고 우매한은 도훈에게 평범한 훈련병에게서 느낄 수 없는 정체불명의 위화감을 느꼈다.

"하지만 지금은 123번 훈련병이 매우 마음에 들기 시작했습니다."

"전 남자 따위와 사귈 생각이 없습니다!"

싱긋 웃으며 도훈이 장난기 넘치는 말투로 힘있게 말한다.

그러자 우매한 역시도 그에게서 좀처럼 볼 수 없는 웃음을 선사하며 피식 웃는다.

"저 또한 같습니다, 123번 훈련병."

조교모를 고쳐 쓴 우매한이 다시 원래의 표정으로 돌아와 도훈에게 새겨들으라는 듯 말한다.

"무사히 행군을 마칠 수 있도록 합니다. 알겠습니까?"

"예, 알겠습니다!"

우매한에게서 지급 받은 반창고와 붕대를 가지고 돌아온 이도훈.

자신이 챙길 수 있는 훈련병들에게 다가가 물집의 위치, 그리고 물집이 생길 만한 징조가 보이는 부분에 최대한 붕대와 반창고를 감아주며 마찰열을 최소화시켜 준다.

"물집을 최대한 안 생기게 하려면 전투화 끈을 꽉 조여라. 물집은 신발과 발바닥의 마찰열이 높아져서 생기는 거니까. 마찰이 생기지 않게 하려면 전투화과 발바닥에 끌리지 않게 끔 고정시켜 두고. 그리고 발에 땀이 많이 나서 양말이 젖었다 싶으면 매 휴식 시간마다 양말 갈아 신는 걸 잊지 마라. 이 날씨에 자칫 잘못하다가 동상이라도 걸리면 최악이니까."

"어, 알았어."

잔뜩 지친 기색이 엿보이는 훈련병의 어깨를 툭툭 치며 힘내라는 듯 응원을 불어넣어 준 도훈이 이번에는 철수에게 다가간다.

"넌 괜찮냐?"

"말했잖아. 강철 발바닥이라고."

체력은 저주받았지만 발바닥만큼은 축복받은 철수는 물집

이 뭔지도 모를 정도다.

안도의 한숨을 내쉰 도훈이 곧 출발 준비를 하라는 조교의 말에 따라 천천히 군장을 들어 올린다.

"끝까지 따라와라, 절친."

"맡겨두라고!"

현재 시각 22시 10분.

이미 군인으로서의 취침 시간은 넘어간 지 오래.

이제 남은 것은 수면과의 싸움, 그리고 아직 도달하지 않은 두 개의 난관이다.

*　　　*　　　*

다시 시작된 행군의 연속.

아침에 일어날 때 느낄 수 있는 몸의 무게만큼 천근만근 무거움을 느끼며 군장을 들고 다시 일어선다.

가야 한다.

완주를 위해서!

"2중대 프와아아이티이이잉!!"

도훈의 목소리와 함께 7조 훈련병, 그리고 다른 훈련병들 역시도 자리에서 일어선다.

이제는 졸음과의 싸움!

그리고 남은 두 개의 지옥 코스에서 무사히 살아남아야 하는 미션이 이들에게 주어지게 된다.

그 첫 번째 난코스가 지금 이들의 앞에 펼쳐지기 직전.

"조심해라! 빙판길 코스다! 미끄러지지 않게 서행한다!"

중대장이 이들의 행군 속도를 천천히 줄이며 컨디션을 조절한다.

가뜩이나 앞이 제대로 보이지 않는 상황에서 졸음과 사투를 벌여야 하는 훈련병들에게 있어서 이보다도 더한 난코스는 없을 것이다.

빙판길도 문제지만 길 또한 좁다.

자칫 옆으로 미끄러지는 날에는 논두렁에 그대로 몸이 처박힐 수 있기 때문에 각별히 신경 쓰며 걸어야 한다.

"후우!"

도훈도 온 신경을 발밑에 집중시킨다.

가급적이면 여유가 될 때 다른 이들이 제대로 따라오고 있는지 살펴보며 적당히 페이스 조절하는 것도 잊지 않는다.

말년병장으로서, 그리고 분대장으로서 분대원을 챙기던 습관이 여기서 빛을 보게 된다.

'야간 행군 때마다 후임 새끼들 챙기는 것도 이제는 다 적응이 되었지.'

하지만 어느 정도 사전 지식을 가지고 있는 이등병보다 아무것도 모르는 훈련병들을 챙기는 게 더 힘든 건 부정할 수 없는 현실이다.

자대 행군에서는 도훈이 혼자서 모든 이등병을 챙긴 게 아니다.

상병급, 그리고 분대장급 되는 인원들이 도훈의 서포터를 아낌없이 해줬기에 행군 간에 짬밥이 안 되는 사병들을 챙기는 것이 훨씬 수월했다.

물론 지금과 같은 상황에서는 조교들이 당당히 버티고 있지만, 조교들의 숫자는 자대의 선임 급에 비해 현저히 숫자가 부족하다.

우매한 혼자만으로 2생활관 인원을 전부 총괄해야 하는 상황이다.

"쳇. 상황이 안 좋군."

혀를 차면서 천천히 빙판길을 가던 그때다.

"어, 엇?!"

도훈의 앞에 가던 훈련병이 순식간에 발을 헛디뎌 미끄러진 것이다.

바로 옆에는 논두렁.

몸이 그쪽으로 기울어지며 경사진 논두렁에 처박히기 직전,

"크윽!"

도훈이 무의식적으로 앞서나가던 122번 훈련병의 군장 뒷
덜미를 잡는다.

순식간에 70kg이 넘는 무게가 도훈의 오른팔을 자극한
다.

팔이 뽑혀 나갈 것 같은 충격이 느껴지지만 도훈은 이를 악
물고 외쳤다.

"이 병신 새끼야!! 후딱 안 기어오냐!!"

넘어진 채 도훈에게 거의 벼랑 끝에서 매달리다시피 한
122번 훈련병이 도훈의 쓴소리에 정신을 차린 듯 엉금엉금
경사진 논두렁을 기어오기 시작한다.

그러나 빙판길 탓인가.

제대로 올라오지 못하고 바동거리는 모습에 철수가 이윽
고 도훈을 돕는다.

"도훈아, 하나, 둘, 셋 하면 동시에 당기자!"

"오케이!"

각자 한쪽씩 군장을 분담해서 오른쪽과 왼쪽에서 잡아끌
기 시작한 도훈과 철수.

체력이 약하지만 그래도 힘 하나는 좋은 철수 덕분에 쉽사
리 122번 훈련병을 끌어올릴 수 있었다.

"고, 고마워."

"정신 바짝 차려라. 씨발. 너 그러다가 잘못해서 목이라도 부러지면 어떡하려고 그러냐."

"…미안."

"하, 진짜 좆같네."

십년감수했다는 듯이 깊은 한숨을 내쉬는 도훈과 철수.

그때 사고가 발생한 것을 알아챈 우매한이 형광봉을 들고 빠르게 다가오며 122번의 안위를 묻는다.

"몸 상태는 어떻습니까, 122번 훈련병?"

"잠시… 놀랐을 뿐입니다. 이제 괜찮습니다!"

"행군 계속할 수 있습니까?"

"예, 예! 계속할 수 있습니다!"

"좋습니다. 그럼 이대로 다시 출발합니다."

우매한의 지시에 따라 잠시 발걸음을 멈춘 행군 일동이 다시 걸음을 재촉한다.

122번 훈련병이 군장을 다시 들쳐 메며 도훈에게 고맙다고 연신 고개를 숙이자, 신경 쓰지 말라는 듯 방탄모를 툭 건드려 주는 도훈.

"괜히 전우조가 있는 게 아니잖아, 새끼야."

"그러게. 하하하!"

말은 서로 웃으면서 농담 주고받듯 말하지만 좀 전엔 정말 위험했다.

가뜩이나 땅이 빙판길처럼 딱딱한데, 자칫 잘못하다 군장의 무게에 눌려 목이 부러질 수도 있는 위험천만한 상황이었기 때문이다.

자대에서 도훈은 그와 비슷한 상황을 들은 적이 있다.

다른 중대에서 그런 일이 있었다는 사실을 간접적으로 들었다.

"괜히 군대 와서 몸 상해서 나가면 너만 손해잖아. 앞으로 정신 바짝 차리고 걸어."

"어. 나도 모르게 잠깐 졸았나 봐."

122번이 눈을 비비며 연신 미안하다는 듯 말한다.

졸음!

이미 11시가 넘어간 시점부터 훈련병의 몸을 더욱 천근만근 무겁게 만드는 짐!

그것은 군장보다도 무거우며, 무게를 가늠할 수 없을 정도의 무게감을 자랑한다.

천하장사가 와도 들어 올릴 수 없는 게 바로 졸린 눈꺼풀이라고 하지 않는가.

"짜식아, 졸리면 야한 생각이라도 하면서 걸어!"

"야한 생각?"

"그래. 그럼 덜 졸릴 거 아니야."

"…그런가?"

"일단 한번 해보든가."

사실 도훈도 졸리긴 마찬가지다.

그러나 122번 사건 덕분에 잠이 확 깬 탓에 도중에 야한 생각을 하는 것을 잠시 관두고 있을 뿐이다.

아무런 말 없이 침묵을 유지하며 걷기 시작한 앞 번호 훈련병.

아마도 도훈이 말한 대로 야한 상상을 하기 시작한 모양인가 보다.

"난 여친 생각이나 하면서 걸어야겠다!"

철수가 호쾌하게 웃으며 야한 상상 모드로 들어간다.

도훈은 속으로 철수를 뒈지게 욕하지만, 그래도 남을 곱씹기 이전에 자신을 되돌아보려는 듯이 본인도 서서히 야한 상상의 나래를 펼쳐본다.

그렇게 그들은 본능의 힘을 빌려(?) 지옥의 빙판길 구간을 통과하게 되었다.

*        *        *

자정이 거의 다 되어가는 시점에서 넓어 보이는 빈 공터에 자리 잡게 된 훈련병들.

추운 날씨 속에서 군용차 뒤로 정수기와 다수의 무언가를 싣고 내리기 시작한 조교들의 손에 도훈의 눈동자가 빛난다.

"야, 김철수."

"…왜."

피곤에 절은 듯한 목소리를 쥐어 짜내며 대답하는 철수에게 도훈이 피식 웃으면서 말한다.

"라면 먹을 준비나 하자."

"라, 라면? 갑자기 그게 무슨 소리야?"

"저거 봐라. 컵라면이잖아."

"지, 진짜네!"

눈이 휘둥그레지는 철수.

라면은 평소에 먹어도 맛있다.

그런데 이 추위에, 그것도 잠시 쉬기만 해도 군장에 서리가 내릴 정도로 엄청나게 강렬한 추위 속에서 맛보는 컵라면!

그야말로 꿀맛 아니겠는가.

수북하게 쌓이기 시작한 컵라면을 보며 철수의 입가에 침이 고이기 시작한다.

"아따, 맛있게도 생겼네."

오죽하면 안 쓰던 사투리까지 튀어나오겠는가. 물론 도훈은 잘 알고 있다.

지금 이 순간 훈련병에게 제일 필요한 것은 허기를 채울 음식이라는 것을.

그리고 라면이 이번 휴식처에서 보급될 것이라는 사실도 2년 전의 기억을 통해 알고 있었다.

오죽하면 컵라면 다음으로 줄 음료가 포카리스XX라는 것도 알고 있겠는가.

도훈이 그다지 기억력이 좋은 편은 아니지만, 첫 야간 행군의 인상이 워낙 강렬했기 때문에 어떤 간식을 먹었는지도 아주 잘 기억하고 있다.

"웃차."

천천히 전투화 끈을 졸라맨 도훈과 철수가 우매한이 나눠 주기 시작하는 컵라면을 받아 든다.

도중에 우매한이 도훈을 바라보며 묻는다.

"123번 훈련병, 괜찮습니까?"

"할 만합니다!"

기운차게 외치는 도훈의 반응에 만족스럽다는 듯이 고개를 힘있게 끄덕인 우매한이 다음 번호인 철수에게도 똑같은 질문을 한다.

그러자 철수도 도훈과 마찬가지로 끄떡없다는 듯이 말한다.

"이 정도야 기본 아닙니까!"

아니, 결코 기본은 아닐 것이다.

이것도 다 군인이라는 신분 덕분에 여기까지 정신력으로 버텨온 것이지, 만약에 사회에 나가서 아무나 붙잡고 군장 무게를 어깨에 짊어진 채 이 추위에 전투복 전투화, 그리고 총까지 짊어지고 40㎞가 넘는 거리를 행군하라고 말하면 누가 하겠다고 하겠는가.

아무도 없다.

오로지 나라를 지키고자 하는 일념으로 뭉치게 된 군인이기에 할 수 있는 시련이자 훈련이다.

우매한이 다음 번호 훈련병에게 라면을 나눠 주기 위해 자리를 뜬 상황에서 철수가 도훈에게 작은 목소리로 말한다.

"오랫동안 봐서 그런지 우리 조교하고도 정이 들었나 봐. 남 같지가 않네."

"그걸 이제야 느낀 거냐."

나무젓가락으로 철수의 이마에 가볍게 꿀밤을 선사해 준 도훈이 새겨들으라는 듯이 말한다.

"훈련병에게 일일이 찾아가 라면을 건네주는 조교는 보기 드물다고. 훈련병 대부분이 전투화 끈을 풀고 발을 식히고 있는 와중이니 일부러 자신이 나서서 나눠 주고 있는 거잖아. 게다가 나눠 주면서 동시에 훈련병의 건강 상태도 묻고. 대단한 녀석이지."

"흐음, 훈련병 조교란 힘든 거구나."

"글쎄. 내가 보기에는 저 조교의 성격이 피곤해 보일 뿐인데."

사실 굳이 안 해도 되는 일을 우매한은 자처해서 하고 있다.

행보관이 딱히 시키지 않더라도 알아서 척척 해내는 일병 조교.

군대에서도 찾아보기 힘든 A급 사병임에는 틀림없지만, 저런 녀석의 후임으로 들어가는 건 조금 골치 아픈 일이 될 수도 있다.

FM을 강조하는 선임일수록 피곤해지는 건 후임이니까 말이다.

'그래서 일부러 조교 자리를 거부한 거지.'

솔직히 도훈도 조교 자리에 흥미가 전혀 없는 것은 아니다.

하지만 생각해 보라.

만약 조교 제안을 받은 그 자리에서 덥석 수락했다면 우매한 밑으로 들어가야 하지 않는가.

사람은 좋으나 그렇다고 선임으로 같이 지내고 싶지 않은 인물 넘버원이 바로 우매한이다.

도훈의 후임으로 들어온다면 두 손 번쩍 들고 환영해 주겠지만, 그럴 일은 없기에 포기하는 것이 좋다.

"어이쿠! 슬슬 준비해야지."

앞 번호부터 차례로 나와 정수기에서 뜨거운 물을 받아가라는 행보관의 말에 따라 도훈과 철수도 다급히 스프를 까고 컵라면에 쏟아 붓는다.

이번에는 저번 쌀국수와 같은 경우가 발생하지 않기를 진심으로 기원하면서 정수기 앞에 마주 선 도훈과 철수.

뜨거운 물이 콸콸 나오자 이들은 속으로 환호를 내지른다.

차에 싣고 방금 공수해 온 정수기라 그런지 뜨거운 물에 여유분이 넘친다.

이것이 바로 각개전투 훈련장에서 맛보았던 쌀국수와의 커다란 차이점.

각자의 자리로 다시 돌아온 도훈과 철수는 나무젓가락을 분리시키며 컵라면이 익기만을 기다림과 동시에 뜨끈한 컵라면 용기에 손을 갔다 댄다.

"아! 살 거 같다!"

핫팩보다도 고효율 뜨거움을 자랑하는 컵라면의 열기에 탄성을 자아내는 철수.

지난 야외 숙영 때에도 핫팩의 도움을 크게 받긴 했지만,

폭우라는 예상치 못한 추위 탓에 핫팩은 아무짝에 쓸모가 없었다.

그리고 행군하면서 어차피 온몸에 열기가 가득 차오르기 때문에 굳이 핫팩의 도움을 받을 필요는 없지만, 지금과 같이 장시간 휴식 시간을 가지게 되는 상황에서는 핫팩과 같은 물품의 도움이 절실히 필요하다.

그래서 컵라면의 온기가 이들에게는 커다란 도움이 되고 있는 것이다.

"추위가 아주 제대로 녹는구만."

도훈도 만족스러운 미소를 만면에 지으며 행복해하는 목소리를 자아낸다.

다른 훈련병들 역시도 도훈과 철수처럼 컵라면 용기에 제각각 차갑게 얼어붙은 손을 녹이느라 바쁘다.

컵라면 하나에 이리도 행복한 기분이 될 줄이야.

군대란 곳은 언제나 사소한 요소에 감동과 고마움을 곁들여 만들어주는 마법과도 같은 장소임에 틀림없다.

대략 3~4분 정도의 시간이 지나자 천천히 나무젓가락으로 라면 면발을 확인한다.

그러자 모락모락 김과 함께 올라오는 면발의 자태에 순간적으로 탄성을 내뱉는 훈련병 일동.

"바로 이 맛 아닙니까!"

기다란 면발 한 가락을 그대로 입안에 넣은 철수가 몸서리를 치며 환호성을 지른다.

7조 훈련병들도 철수의 과장된 몸짓과 표정에 웃음을 내뱉지만, 이들의 눈동자에도 철수와 마찬가지라는 사실을 여과 없이 나타내고 있다.

라면 하나의 행복!

군대에서 느낄 수 있는 가장 기본적인 요소라고 할 수 있다.

도훈도 면발을 입안에 넣자 얼큰한 맛과 동시에 뜨거운 기운이 입안 가득 채워가기 시작한다.

한창 라면을 음미하고 있는 와중에 철수가 연신 컵라면 면발과 국물을 흡입하며 말한다.

"난 자대에 가면 반드시 라면부터 먹을 거다!"

"아서라. 라면보다 훨씬 맛있는 게 얼마나 많은데."

"그래도 지금과 같은 심정이라면 라면 다섯 개는 더 먹을 수 있을 거 같아! 여기에 김치까지 있으면 진짜 끝내주겠는데."

"김치라…… . 그건 나하고 생각이 똑같구만."

아니면 하다못해 밥이라도 말아 먹을 수 있다면 얼마나 좋을까.

뜨거운 라면 국물을 배로 즐길 수 있는 비장의 밥 말아 먹기!

거기에 시원하고 잘 익은 김치 한 조각을 얹어서 한입에 꿀꺽 하면 그야말로 천국이나 다름없는 감정을 느낄 수 있을 것이다.

국물 한 방울까지 남김없이 먹고 포만감을 드러내는 훈련병들에게 뒤이어 보급된 이온음료와 초코파이.

간식을 받아 든 철수가 연신 환호성을 지르며 '군대, 최고다!'라는 어이없는 말까지 한다.

그러자 훈련병들이 빵빵 웃음을 터뜨리며 철수에게 병신이라고 욕지거리를 퍼붓는다.

이런 광경을 바라보고 있던 도훈도 별 이상한 새끼들 다 보겠다면서 한번에 초코파이와 이온음료를 빠르게 섭취한다.

"배도 부르겠다, 이제 야간 행군이나 작살내러 가볼까!"

"7조 파이팅이다!!"

"파이팅!!"

도훈의 말에 따라 7조 훈련병들이 한목소리로 연신 파이팅을 외친다.

긍정적인 감정은 전염되게 마련이다.

근처에 있는 사람이 행복한 기분을 자아낸다면 본인도 그 행복 바이러스를 받게 되는 법이다.

비록 한 사람의 에너지에 불과할지 모르지만 그 에너지는 점점 사람들을 전염시켜가고, 결국 커다란 힘으로 변모하게 된다.

그것은 흡사 불과도 같은 것.

연소할 대상이 있으면 뜨거운 온기와 함께 주변을 태워간다.

그 시발점 역할을 담당하고 있는 게 바로 이도훈.

123번 훈련병의 에너지가 주변으로 전염되기 시작하며, 다시금 야간 행군과 맞서 싸울 수 있는 용기를 북돋워주기 시작한다.

"씨발!! 작살내러 가보자, 새끼들아!!"

"출발!!"

12시가 넘어간 시점부터 이미 이들은 정신력 하나만으로 버티기 시작했다.

보이는 것이라고는 어두운 환경과 더불어 끊임없이 펼쳐진 일자형 도로.

근처에는 사람 하나 보이지 않으며, 소리를 내는 생명이라고는 낯선 행렬에 당황한 집 지키는 애완견밖에 없다.

컵라면과 이온음료, 그리고 초코파이까지 먹은 건 좋았으나 포만감 뒤에 찾아오는 가장 큰 위기는 바로 수면이다.

아까에 비해 배의 위력을 발휘하는 수면 공격.

포만감에 의해 이미 눈꺼풀은 내려앉기 일보 직전이다.

오로지 정신력 하나만으로 버텨야 하는 최악의 상황.

지치고 힘든 것은 훈련병뿐만 아니라 인솔하는 교관, 그리고 조교 역시도 마찬가지다.

이제 슬슬 포기하는 자가 나와도 이상하지 않을 상황임에도 불구하고 처음 행군 시작을 알릴 때 외친 NO 포기 정신을 그대로 수행하고 있는 훈련병들은 마지막까지 근성으로 버티겠다는 의욕으로 가득 차 있다.

하지만 이 정신력이 계속될 가능성은 그리 크지 않다.

"진짜 죽겠네."

철수가 나지막이 한숨과 함께 내뱉은 말에 다른 훈련병들은 반응조차 보이지 못한다.

이미 말을 주고받을 체력조차 없다는 것을 의미한다.

그저 살아 있는 좀비처럼 멈추지 못해 그저 무의식적으로 걷고 있을 뿐이다.

군장의 무게는 이미 느껴지지 않는다.

발이 간혹 통각을 자극하지만 그보다도 수면의 위력이 강하다.

"씨발, 진짜 기분 좆같아지네."

미세하게 흐트러진 K—2를 다시 고쳐 메며 욕지거리를 내뱉은 도훈의 머릿속은 점점 더 복잡해진다.

아직 야간 행군의 반도 안 왔다.

도착 예정 시간은 새벽 6시.

저녁 8시에 출발한 이들에게 있어서 아직 행군은 반절 이상이 남았다는 것을 의미한다.

그럼에도 불구하고 어느 하나 남은 시간에 대해 언급하지 않는 이유는 참으로 간단하다.

무의식중에 포기해 버린 것이다.

남은 시간과 거리를 말해 얻을 수 있는 이득 따위는 없다. 오로지 절망감만 다시금 맛볼 뿐이다.

그래서 훈련병들은 최대한 목표가 얼마나 남았는지에 대해 언급하지 않는다.

도착 시간은 알고 있으니 대충 얼마나 더 가야 하는지에 대한 사실은 본인들이 가장 잘 알고 있다.

"후!"

깊게 숨을 들이마시며 차가운 겨울의 새벽 공기를 몸 안에 주입해 주는 도훈.

주간 행군 때 미리 물집을 잡혀놔서 그런지 현재까지는 도훈의 발이 비명을 지르지는 않는다.

주간 행군 때는 그리 많은 고생을 했는데, 야간 행군에 와서 그 고생이 이렇게 빛을 보게 된 것이다.

물론 철수와 같은 축복받은 발을 가진 사람은 아마 도훈의 심정을 절대로 이해하지 못할 것이다.

오히려 물집이라는 게 왜 생기는지도 모를 테니까 말이다.

발에 최대한 신경을 많이 쓰고 이제부터는 체력 안배 문제에 봉착하게 된다.

아직 남은 거리는 반절 이상.

여기서 괜히 체력을 낭비했다가는 도착은커녕 이 자리에서 구급차에 실려 가야 할 판국이다.

하지만 이런 도훈의 눈앞에 등장한 것이 있었으니.

"……."

공포의 피눈물산.

거의 45도 경사에 육박하는 2차 난관이 훈련병을 찾아온 것이다.

지옥의 피눈물산을 앞두고 중대장이 훈련병들에게 아주 가느다란 희망의 빛 한줄기를 내려주는 듯한 목소리로 외친다.

"10분간 휴식한다! 휴식!"

"10분간 휴식!!"

방탄모를 벌러덩 깐 채 그대로 탈진 상태를 일으키듯 도미노처럼 우수수 쓰러지는 훈련병들.

현재 시각 새벽 2시.

여섯 시간 동안의 야간 행군 끝에 도달한 피눈물산 입구에서 이들은 어쩌면 마지막이 될지도 모르는 휴식을 취하게 된다.

이미 구급차는 인기 폭발로 만원.

물집이 터진 훈련병은 기본이요, 피멍이 들어서 걷는 것조차 불가능해 보이는 훈련병의 모습도 보인다.

"올라갈 수 있을까."

철수가 피눈물산의 아찔한 경관을 바라보며 지레 겁에 질린 목소리로 말한다.

방금 전까지도 파이팅을 외치던 철수지만, 아무래도 체력 고갈에 피눈물산이라는 최악의 난관까지 만나게 되니 지레 겁을 먹은 것이다.

그러나 도훈은 아직까지는 여유롭다는 표정으로 한겨울에 송골송골 맺힌 이마의 땀방울을 손등으로 훔치며 말한다.

"안 될 거 같다고 포기할 수도 없잖아. 여기서 벌러덩 눕는다고 누가 너 챙겨주기라도 하겠냐. 도리어 조교들에게 욕이나 먹지 않으면 다행이지."

"하하, 그렇지?"

"모 아니면 도다. 사나이가 되든가, 아니면 패배자가 되든가."

야간 행군은 묘하게 오기를 자극한다.

내가 반드시 이 지옥 같은 행군을 완주하겠다는 알 수 없는 도전정신.

그 정신은 각각 훈련병의 마음에 많은 영향을 미치고 있었다.

승부욕!

남자라면 한 번쯤은 느껴본 그 감정이 아닌가.

군대야말로 남자들의 공간.

사나이들의 집합체.

그곳에서 훈련병들은 동시에 전우애를 느낀다.

그리고 할 수 있다는 용기를 얻는다.

비록 여섯 시간의 야간 행군에 모든 체력이 고갈되었다 할지라도 아직 정신력까지는 고갈되지 않았다는 것을 의미한다.

"넘어보자, 피눈물산!"

도훈이 다시 기합을 넣는다.

그에게는 철수와 같은 강철 발바닥이 없다.

양말 두 겹에 붕대, 밴드까지 붙였지만 벌써부터 표면의 마찰 탓에 물집이 더 생긴 듯한 느낌이다.

하지만 정신력만큼은 여기에 있는 어떠한 사병보다도 최고조에 달해 있는 존재가 바로 이도훈이다.

조교들을 포함해서 교관들에 견주어도 손색이 없을 정도로 군대 생활에 이골이 난 말년병장 이도훈!

그가 2년을 농땡이로 보낸 것은 아니었다.

적절한 체력 안배, 그리고 야간 행군의 노하우.

그 모든 집결체를 이도훈은 지식으로도, 그리고 몸으로도 이미 충분히 숙지하고 있었다.

그래서 다른 훈련병들이 '나 죽겠소!' 하며 탄성을 내지를 때, 도훈은 여유를 가지고 자신과 같은 조 훈련병들을 챙길 수 있었던 것이다.

"야, 122번, 할 만하냐?"

아까 빙판길에서 잠시 미끄러진 122번에게 다가간 도훈.

도랑 밑으로 넘어지는 최악의 사태는 면했지만, 그래도 순간적으로 발목을 접질렸을 수도 있다는 가능성도 빼놓지 말아야 한다.

여태 잘 걸어온 것으로 보아서는 별다른 무리가 없어 보일지 모르지만, 괜한 오기를 부려서 무리한 몸을 이끌고 여기까지 왔을 수도 있다.

그런 것까지 고려한 도훈의 말에 122번 훈련병은 고개를 작게 끄덕인다.

"나 아직 안 죽었다고."

"짜식, 목소리는 다 죽어가는구만."

"걱정해 줘서 고맙다. 너한테 민폐 안 끼치도록 주의할 테니까 너도 네 컨디션 신경 써."

"오냐. 알겠다."

장난스럽게 122번 훈련병의 방탄모를 툭 치며 힘내라고 기운을 북돋워 준다.

다른 훈련병들 역시도 여기저기 돌아다니며 건강 상태 체크 완료.

"자식들, 아직 고추 벌떡 세울 기운 정도는 남아 있구만."

피식 웃으며 다시 군장을 어깨에 짊어지는 도훈이 연신 파이팅을 외친다.

"피눈물산 까짓것, 작살내러 가보자!!"

그리고 시작된 고행의 행군.

주 시간이라는 산행 코스가 이들을 기다리고 있다.


피눈물산의 입구는 30도의 경사를 자랑한다.

게다가 한번 녹았던 지면이 다시 언 탓에 아스팔트와 같은 평평함은 찾아보기 힘들고, 심지어 진흙탕에 미끄럽기까지 하다.

온갖 난코스는 다 갔다 붙여놓은 듯한 피눈물산의 위엄이 점점 훈련병들의 체력을 갉아 내리기 시작한다.

마치 온라인 게임에서 독에 중독된 상태와 같이 서서히 HP를 긁어내고 있는 것이다.

그러나 우리의 훈련병 용사들은 그런 것 따위는 무시하고 오로지 전진, 그리고 또 전진한다.

여기서 포기하면 죽도 밥도 안 된다.

어차피 구급차는 산에 올라오지 못한다.

인간의 발걸음만으로 전진해야 하는 상황에서 도훈과 철수 역시도 온갖 신경을 기울이며 전진한다.

그러나 위기는 단순한 산행 코스만이 아니다.

"큭!"

도훈의 앞에서 행군을 이어가던 122번 훈련병이 갑자기 바닥에 주저앉는다.

"야! 정신 차려! 괜찮냐?!"

당황한 철수가 황급히 122번 훈련병 곁으로 다가오며 안부를 묻는다.

강제적으로 122번 훈련병의 전투화를 벗겨낸 도훈의 눈에 퉁퉁 부운 오른쪽 발이 들어온다.

"이런… 씨발 새끼야!"

도훈이 강하게 122번 방탄모를 치며 말한다.

"내가 아까 뭐라고 했냐. 아프면 아프다고 말하라 했지. 괜한 오기 부려서 이게 무슨 추태냐고!"

"…미안하다."

"진짜 좆같네."

확 달아오른 분노를 가라앉힌 도훈이 철수에게 우매한을 불러달라고 말한다.

한편, 무슨 일이 벌어졌는지 아직 상황 파악이 안 된 다른 훈련병들은 122번 훈련병과 도훈을 번갈아 보지만, 이제야 다가온 우매한이 다른 훈련병들에게 먼저 가라는 지시를 내린다.

"무슨 일입니까, 훈련병?"

"122번 훈련병의 발에 이상 증세가 보입니다."

"…심각하군, 이거."

우매한이 침음성을 흘리며 122번의 발을 살짝 눌러본다.

그러자 비명을 토하는 122번 훈련병.

접질린 게 틀림없다.

"용케도 여기까지 잘 걸어왔군."

우매한도 122번 훈련병의 정신력에 감탄할 지경이지만, 그렇다고 122번 훈련병이 잘했다는 의미는 결코 아니었다.

도훈이 말한 대로 아프면 아프다고 말하는 게 다른 훈련병들에게 민폐를 끼치지 않고 행군을 이어나갈 수 있는 최상의 시나리오이다.

하지만 122번의 무리한 강행군 탓에 지금 행군 자체가 차질을 일으킬지도 모르는 상황이다.

게다가 여기는 구급차가 들어오지 못하는 구역.

"어쩔 수 없군."

P—96K로 교관에게 양해를 구하며 상황 설명을 이어가는

우매한.

그러나 122번은 도훈과 철수에게 계속 행군하고 싶다고 말한다.

"난… 끝까지 할 거다. 알겠냐?"

"이 새끼가 돌았나? 가서 구급차나 기다려!"

철수도 화가 난 모양인지 언성을 높이지만, 122번은 식은 땀을 흘리면서도 도훈의 팔목을 꽉 붙잡는다.

그리고 더 이상 아무런 말을 하지 않는다.

침묵을 이어나가는 122번이지만, 도훈은 눈빛으로 이 녀석의 의지를 간파할 수 있었다.

완주하고 싶다!

동료들과 함께하고 싶다!

전우와 같이 가고 싶다!

그 소망이 도훈에게 닿았을까. 낮게 목소리를 깐 도훈이 122번을 바라본다.

"할 수 있겠냐?"

"…물론이지, 짜식아. 우리가 누구냐. 무적의 2중대 7조 아니냐."

"좋아, 그렇다면 이렇게 하자. 군장은 내가 대신 짊어진다. 그리고 넌 철수에게 부축 받으면서 와. 알았어?"

"굳이 그렇게 안 해도 할 수 있다고."

"더 이상의 타협은 없다. 만약 이것조차 거부한다면 우린 강제적으로 너를 떼어놓을 것이다. 알았냐?"

"……."

"야, 김철수, 부축 정도는 할 수 있지?"

"나야 상관없는데… 네가 더 걱정이다. 군장을 두 개나 짊어진다고?"

"씨발! 말년병장을 얕보지 말라고!!"

어느새 122번이 풀어헤쳐 놓은 군장을 자신의 군장 위에 짊어진 도훈이 여유 만만한 표정으로 웃어 보인다.

"어디 한번 끝까지 가보자고, 개새끼들아."

"이도훈……."

"작살이다, 작살!! 피눈물산 따위는 작살이라고!"

힘차게 외치며 앞장서서 걸어가는 도훈의 뒷모습을 보며 122번 훈련병과 철수는 순간 말을 잇지 못한다.

그때, 이제야 자리로 돌아온 우매한이 어쩔 수 없다는 듯이 조교모를 눌러쓰며 말한다.

"122번 훈련병, 124번 훈련병, 뭐합니까. 전우의 배려를 저버리려고 하는 겁니까."

"아, 아닙니다!"

"그럼 행군 계속합니다. 알겠습니까?"

"예, 알겠습니다."

"그리고 거기 앞서가는 무식한 123번 훈련병!"

우매한이 도훈을 호출하자 왜 부르냐는 듯 고개만 살짝 돌려 우매한을 바라보는 도훈.

실로 반항적인 태도이지만 군장을 두 개나 짊어지고 있어서 행동 제약이 많다는 것을 우매한도 잘 알고 있기에 크게 신경 쓰지 않고 자신이 할 말을 이어간다.

"특히 훈련병에게는 중도 포기란 없습니다. 설사 포기하고 싶다 하더라도 이 조교가 어깨에 짊어지고서라도 목표점에 데리고 갈 것입니다."

"예, 알겠습니다!"

이렇게 해서 시작된 또 다른 자신과의 싸움.

도훈은 군장을 두 개나 짊어진 채, 그리고 철수는 122번 훈련병을 부축하면서 피눈물산을 오르기 시작한다.

그리고 이를 말없이 얌전히 뒤따라가는 우매한은 속으로 이런 훈련병들은 난생처음 본다며 혀를 내두른다.


피눈물산 산행을 시작한 지 어언 한 시간째.

앞으로 지금까지 거쳐 온 산행 코스를 똑같이 한 번 더 반복해야 한다는 생각에 정신이 아찔할 정도지만, 그래도 30도 경사가 끝나가고 있다는 사실에 안도하는 중이다.

한편, 철수와 도훈, 그리고 122번 훈련병과 우매한은 본래

열 중간에 속해 있는 위치였지만, 122번 훈련병의 부상으로 인해 현재는 거의 맨 끝에 가다시피 하고 있다.

다른 중대와 섞이면서 걸어가는 이들에게 있어서는 힘든 산행보다도 전우의 숨결이 더더욱 가슴에 와 닿고 있다.

하지만 힘든 건 힘든 거다.

"씨발! 도대체 언제 끝나는 거야, 이 지겨운 산행!"

철수가 먼저 성격을 폭발시키며 말하자, 도훈이 시끄럽다는 듯이 대답한다.

"입 좀 다물고 걸어라. 언젠가는 쉬운 코스가 나오겠지."

"그래도 경사가 끝나간다는 사실에 조금은 위안이 되네."

"124번 훈련병, 설명 안 듣고 또 졸았습니까."

갑자기 대화에 끼어든 우매한이 철수를 가리키며 말한다.

"피눈물산의 경사는 거의 45도에 육박합니다. 그런데 방금 거쳐 온 경사는 30도가 고작이었습니다. 그게 무엇을 의미하는지 알고 있습니까."

"전혀 모르겠습니다!"

눈치도 없고 힘만 무지막지하게 센 철수의 대답은 아주 솔직 담백하다.

그러나 철수와는 다르게 영리한 도훈은 벌써부터 우매한이 하고자 하는 말을 눈치챈 지 오래다.

경사는 하나가 아니다.

바로 두 개.

"남은 경사 하나가 말로만 듣던 전설의 45도 급경사 코스입니다."

"이런 빌어먹을!! 개 같은 군대!!"

도훈의 전매특허인 유행어를 따라 하는 철수다.

본래는 도훈이 먼저 하려고 했으나, 군장의 압박 때문에 쉽사리 목소리도 내지 못한다.

은근히 군장이 뒷목을 짓누르기 때문이다.

덕분에 제대로 앞도 보지 못하고 살짝 고개를 아래로 내리깔아 오로지 발밑만을 보고 걸어가고 있다.

위험한 자세일지도 모르나 이렇게 하지 않으면 군장 두 개를 짊어지고 갈 수가 없다.

더욱이 산행 중에 시야 핸디캡은 꽤나 큰 리스크가 있다.

자칫 잘못하다가 122번 훈련병처럼 발을 헛딛기라도 하게되면 단순히 논두렁으로 떨어지는 수준으로 끝나지 않는다.

급경사인 만큼 발을 잘못 디뎠을 경우 부상도 매우 크다.

이런 위험부담을 도훈은 오로지 전우를 위해 아무런 불평없이 짊어진 것이다.

"이러다가 목 디스크 걸리겠네. 씨발!"

지옥의 피눈물산 중간 지점에 도달하게 되었다.

간신히 군장 두 개를 내려놓은 도훈이 뻑적지근한 목을 이리저리 풀자 뿌드득 소리가 들린다.

힘은 철수가 좋으나 체력은 도훈이 압도적으로 높기 때문에 이렇게 분담해서 군장을 짊어지고 가는 게 가장 효율적이라고 생각한 도훈이지만, 막상 직접 완전군장 두 개를 어깨에 짊어지니 죽을 맛이다.

그래도 어쩔 수 없는 노릇.

자신이 군장을 들지 않으면 우매한이 군장을 짊어져야 한다.

하지만 우매한은 훈련병들을 전체적으로 체크해야 하는 중요한 임무를 띠고 있다.

그 상황에서 우매한에게 군장이라는 짐을 짊어지게 하는 것은 오히려 2중대에게 있어서는 커다란 손해다.

게다가 피눈물산 코스에서는 우매한과 같은 통솔 인력이 절대적으로 필요하다.

자대와는 다르게 훈련소에서는 군 생활 경력을 가지고 있는 사병이 조교밖에 없다.

극소수의 조교들이 선임 역할을 전부 소화해야 한다.

이등병보다도 아무것도 모르는 훈련병들에 비해 조교의 숫자는 턱없이 부족하니까 말이다.

"돌아버리겠네."

한숨을 쉬며 다시 몸을 풀기 시작하는 도훈이다.

가만히 앉아서 쉬는 것보다 뻐근하게 굳어버린 근육을 푸는 것이 훨씬 더 도움이 된다.

어차피 피눈물산을 내려가게 되면 5톤 트럭이 더 이상 군장을 짊어질 수 없을 정도로 체력이 고갈된 훈련병들의 군장을 대신 나르기 위해 대기 중이다.

산 밑으로만 내려가면 그나마 다시 할 만해진다는 소리다.

그러나 철수는 여전히 도훈이 걱정되는지 체력 상태를 묻는다.

"할 만해?"

"보면 모르겠냐? 죽을 맛이다."

"그래도 용케도 여기까지 잘 왔네. 신기할 정도다."

"나도 내가 신기하다."

예전에 도훈이 상병 계급으로 분대장을 달았을 때 뒤처지는 이등병을 대신해서 자신이 군장을 두 개 메고 간 적이 있다.

물론 그때도 완전군장이긴 했지만, 대충 눈치를 봐서 박스로 안을 채워 가벼운 군장 상태를 유지하며 걸었던 시절이다.

하지만 이등병의 군장은 빼도 박도 못하는 FM 완전군장.

순간적으로 할 말을 잃은 도훈은 자신의 가라 군장과 함께 FM 완전 군장을 짊어지고 행군해야 했다.

이등병들에게 행군 때 완전군장을 하라고 지시한 자신의 지시가 곧바로 되돌아온 셈이다.

그렇다고 해도 도훈은 후회하지 않았다.

이등병 때부터 가라 교육을 가르치면 군기가 제대로 안 잡히니까 말이다.

잠시 옛 추억을 떠올리던 도훈이 허리를 두드리며 잠시 자리를 이탈한다.

"화장실 좀 갔다 오마."

"도중에 길 잃지 말고."

"시끄러워. 넌 그 녀석이나 잘 챙겨."

철수에게 따끔하게 일침을 선사해 주고 볼일을 볼 수 있을 만한 장소를 물색한다.

어차피 산중에 정식으로 화장실이 배치되어 있는 것도 아니고 소변에 환경오염에 영향을 미치는 것도 아니기에 부담 없이 근처 수풀을 향해 소변을 그대로 발사한다.

쏴아아아!

뜨끈한 소변의 열기가 눈으로 보일 만큼 추운 날씨 속에서 다시 바지를 추스르고 자리로 돌아가려는 찰나다.

"뭐하러 사서 고생 하는 거야?"

"왓 더 뻑(What the Fuck)!"

도훈을 놀라게 한 존재는 다름이 아닌 오밤중임에도 불구하고 커다란 선글라스에 명품 백, 그리고 짧은 초미니 스커트에 롱부츠를 신고 등장한 귀티의 여왕 트위들디였다.

롱 웨이브의 머리를 한번 쓸어 넘긴 그녀가 도훈을 이상하다는 듯이 바라보며 묻는다.

"왜 고생을 사서 하는 거야?"

"그것보다 넌 또 왜 부르지도 않았는데 나온 거냐?"

"네가 하는 '행군'이라는 걸 모니터링 하다가 왜 하는지 궁금해서 잠깐 현장으로 투입해 봤지."

"할 일도 어지간히 없나 보다, 너."

"잊고 있었어? 이도훈 서포터즈, 나도 그 멤버 중 하나야, 이 우둔한 인간아."

대놓고 짜증 섞인 표정을 지어 보이던 트위들디가 살짝 자신의 선글라스를 위로 치켜 올린다.

그와 동시에 아까 내뱉었던 질문에 대한 답변을 독촉하기 시작한다.

"고생을 사서 하는 이유가 뭐야?"

"이게 사서 하는 것처럼 보이냐? 군대에서 하라면 해야지, 못한다고 빼길 수도 없잖아. 사단장이 와서 산을 옮기라고 하면 옮겨야 하고, 나무를 심으라 하면 나무를 심어야 하는 게 바로 군대라는 곳이다. 알겠냐, 계집애야?"

"군대가 비효율적인 곳이라는 건 나도 TV를 봤기 때문에 잘 알고 있어. 무시하지 마시지."

'흥!' 하며 코웃음을 치면서 가볍게 도훈을 향해 멸시하는 태도로 일관하는 트위들디에게 제발 그놈의 TV 좀 없애라고 말해주고 싶은 도훈이다.

분명 도훈이 다이나한테 차원관리국에 있는 TV를 다 없애버리라고 말했건만 아직도 몰래 살아남아서 그 존재감을 과시하고 있는 TV 저항군이 많이 있나 보다.

"군대에 대한 비효율적인 사상을 묻는 게 아니라 왜 네가 타인을 위해 스스로 희생하느냐 이거지."

"아, 그 질문이라면 이미 앨리스한테 대답한 적이 있어."

"정말?"

"그래. 그러니까 그 녀석한테 가서 직접 물어봐."

"흐음, 감히 인턴 주제에 상관인 나보다 인간에 대한 이해심이 더 깊단 말이지. 그건 용서할 수 없는 일이야."

아무래도 트위들디 역시 앨리스와 동급으로 인간에 대해 매우 흥미를 많은 것으로 보인다.

차원관리자가 인간에게 흥미를 가질수록 그 고충은 고스란히 도훈에게 돌아온다는 사실을 그간의 경험을 통해 잘 알고 있는 도훈이기에 절로 한숨이 나온다.

"그럼 난 간다."

"잠깐만."

트위들디가 본래의 자리로 돌아가려는 도훈을 붙잡는다.

"그렇게 힘들면 나를 활용하면 되잖아."

"활용?"

"잊었어? 이도훈 서포터즈."

"…인과율 수치 10 이하인 부탁은 들어줄 수 있다는 그 법칙인가?"

이제 와서 떠올린 것도 웃기는 노릇이지만, 도훈은 지금까지 그 부탁이란 존재를 까맣게 잊고 있었다. 워낙 행군에 신경을 집중시키고 있었기 때문에 그럴 생각을 하지 못한 것이다.

허리춤에 손을 올리며 명품 백을 자랑이라도 하는 듯이 가방을 어깨에 멘 트위들디가 핑크빛 입술을 움직이며 말한다.

"간단한 부탁 정도는 들어줄 수 있어."

"구체적으로 어떤 거?"

"한번 말해봐."

"…내가 들고 있는 군장의 무게감을 0으로 만들어준다든가?"

"인과율 수치 5.32가 나왔네. 그 부탁이라면 들어줄 수 있어."

"그럼 122번 훈련병 녀석의 다리를 정상으로 돌려놓는 일이라면?"

"인과율 수치 15.2이야. 그건 불가능."

"오케이. 거기까지."

뭔가 납득했다는 시선으로 트위들디를 바라보던 도훈이 다시 제자리로 돌아가기 위해 발걸음을 옮긴다. 그러자 오히려 당황한 쪽은 바로 트위들디다.

"자, 잠깐만! 그 무거운 짐의 무게를 다른 사람들 몰래 0으로 바꾸는 건 가능하다니까!"

"하지만 말이야, 122번 녀석의 다리를 원상태로 돌려놓는 일이 가능하다면 난 너에게 부탁했을 거야. 한데 나 혼자서 편해지는 일에 굳이 너희에게 부탁하고 싶지 않아."

"비효율적이야! 사서 고생 하겠다고?!"

"사서 고생 하는 게 아니야. 내가 짊어지고 있는 군장의 무게는 확실히 무거워. 니 말대로 무게를 없다시피 만든다면 나야 편하겠지. 아니, 100퍼센트 편해질 거야. 하지만 내가 짊어지고 있는 무게는 군장의 무게가 아니라고. 122번 녀석을 반드시 목적지까지 도달시키겠다는 내 의지의 무게야."

"…모르겠어."

어이가 없다는 눈으로 도훈을 바라보며 말하는 트위들디에게 도훈은 피식 웃을 뿐이었다.

"나도 내가 무슨 말을 하는지 모르겠다."

결국 트위들디의 달콤한 유혹을 뿌리친 도훈은 이번에는 122번 훈련병의 군장을 배 앞으로 맨다.

이제는 45도 급경사 산행 코스.

한쪽으로 군장의 무게가 쏠려 있으면 자칫 잘못하다가 뒤로 넘어가서 고슴도치 소닉처럼 뺑뺑 굴러갈 수도 있다.

그렇다면 최악의 상황으로는 사망으로 이어질 수 있기에 이번에는 군장 두 개를 통해 무게중심의 밸런스에 신경을 많이 쓴다.

행군 시작과 함께 천천히 산행을 오르기 위해 준비하던 도훈과 철수, 그리고 122번 훈련병.

그러나 그때였다.

"늦었잖아, 군대 척척박사."

"기다리다 목 빠지는 줄 알았다."

"너희들……!"

철수의 눈동자가 절로 붉어지기 시작한다.

이들을 기다리고 있는 훈련병들은 다름 아닌 도훈과 같은 조인 7조 인원들!

"끝까지 함께 도착하자고 했잖아."

"야, 이도훈, 혼자서 다 짊어질 생각 하지 말고 우리한테도 뭐 좀 분담해서 줘라."

"난 모포라도 들고 갈까?"

"야전삽 정도면 웃으면서 들고 갈 수 있지."

순식간에 서너 명의 훈련병이 달려들어 도훈의 배에 짊어지고 있는 군장 부품들을 하나둘씩 가져가기 시작한다.

그것만으로도 이미 충분히 가벼워진 군장의 무게.

트위들디가 말한 것처럼 무게 0은 아니지만, 도훈에게 있어서 이미 이 군장의 무게는 0이 아닌 마이너스를 달리고 있었다.

전우들이 그와 같이 가준다.

함께한다.

이것보다 더 의지가 되는 말이 어디 있을까.

"이 새끼들아, 철수 울잖아. 어울리지도 않는 우정놀이 그만해라."

도훈이 철수의 방탄모를 팡 치면서 멋쩍은 듯 말한다.

그러자 7조 인원들이 피식 웃으면서 철수를 놀리기 시작하자 발끈해 목소리를 높이는 철수.

"누, 누가 운다고! 씨발! 착각하지 마라!"

"감동 받았다고 솔직히 말하면 좋을 것을."

서로 웃으며 122번 훈련병에게 어깨를 빌려주는 또 다른 훈련병.

분명 자신도 힘들 터인데, 같은 조라는 이유 하나만으로 그들은 스스로 중간 대열을 포기하고 가장 힘들다는 마지막 대열에 합류한 것이다.

이것으로 7조 인원이 다시 뭉쳤다.

"참으로 아름다운 광경입니다만."

잠시 헛기침을 하며 이들의 시선을 끌어 모은 우매한 조교가 딱딱한 목소리로 말한다.

"행군 중이라는 거 잊었습니까, 7조 훈련병들."

"아닙니다!"

"그럼 지금 당장 출발합니다. 다시 중간 대열로 복귀해 같은 중대 훈련병들과 목표에 도달할 수 있도록 합니다. 알겠습니까?"

"예, 알겠습니다!"

그렇다.

7조는 훈련병들만이 있는 게 아니다.

지금까지 묵묵히 이들을 보좌해 주던 우매한 조교도 포함해서 전부 같은 전우다.

거의 비어버린 군장을 한 손에 든 도훈이 이들을 향해 다시금 힘차게 외친다.

"가보자, 아그들아!!"

"7조 파아아이이티이이잉!!"

지옥의 피눈물산 45도 경사 코스.

솔직히 말해서 도훈은 자신이 없었다.

군장 두 개를 짊어지고 이 급경사를 오를 수 있을 것이라는 사실에 대해서는 본인조차도 확신할 수 없었기 때문이다.

　아무리 말년병장이라고는 하나 현재의 체력과 몸 상태는 말년병장이 아니다.

　이제 막 입대한 초짜 신병의 육체에 불과할 뿐.

　정신력이나 경험, 지식만 말년병장일 뿐이지 훈련으로 다져온 육체는 아니기에 도훈이 생각했던 것보다 빠르게 체력이 소모된 것이다.

　하지만 지금은 다르다.

　부족하면 부족한 만큼 누군가에게 기대어 걸어가면 된다.

　어깨를 빌려줄 수 있는 전우가 옆에 있다면 체력 부족은 우스울 정도의 시련에 불과하다.

　언제라도 뛰어넘을 수 있는 장애물.

　그것은 전우란 이름의 동지와 힘차게 뛰어넘을 수 있다.

　'그래, 군대가 언제나 좆같은 곳은 아니지.'

　다양한 사람을 만나고 그 사람들과 친해지며 서로를 알아간다.

　인간관계의 가장 기초적인 만남부터 시작해서 전역하는 그 순간 맞이하게 되는 이별까지.

　군대는 짧지만 2년이란 기간 동안 함축적으로 인간관계의 모든 것을 보여주는 곳이다.

그리고 그곳에서 도훈은 다시 한 번 군대라는 장소를 체험하기 위한 출발선에 섰다.

'덤벼라, 군 생활! 2년 정도야 까짓것, 한 번 더 버텨주마!'

꼬장의 신이라 불렸으며 말년병장이었던 이도훈.

그가 드디어 전우애를 깨달으며 각성하기 시작한다.


7조 인원의 합류와 도훈의 임기응변, 그리고 철수의 부축으로 인해 드디어 피눈물산의 45도 경사를 넘어서 내리막길에 들어선 이들.

45도 경사라고는 하지만 급경사인 만큼 그 거리는 매우 짧다.

고통은 한순간이지만, 그 고통을 견디면 괴로웠던 과정은 달콤한 보상이란 이름의 열매로 되돌아오게 마련이다.

"내리막길이다!"

철수의 환호성과 함께 7조 인원들 역시도 휘파람을 불며 기분을 업(Up)시킨다.

피눈물산의 최대 난관이라 할 수 있는 두 개의 오르막길을 기어코 넘은 것이다.

"하, 이제야 한숨 돌리겠네."

도훈의 한숨과 함께 7조 인원들도 안도하는 표정이다.

결국 기어코 피눈물산을 넘었다.

정말 자신이 이 산을 넘을 수 있을까, 행여나 넘지 못하고 다른 동기들에게 짐이 되지는 않을까 하는 걱정과 탄식이 모두 쏟아져 나온다.

그와 동시에 피눈물산 입구 맞은편에서 찾아온 달콤한 휴식 시간도 겸하게 된다.

"이제 두 시간밖에 안 남았다!"

훈련병들이 제각각 손목시계를 바라보며 감탄사를 자아낸다.

여덟 시간이 넘는 강행군의 끝이 얼마 남지 않았다는 것을 의미한다.

하지만 행군은 부대에 들어가고 나서, 그리고 모든 훈련병이 취침을 취하기 위해서 자리에 눕는 순간까지 훈련이라는 말이 있다.

기어코 눈을 감고 잠에 빠져드는 순간, 그때가 진정한 야간 행군의 끝이다.

"방심하기에는 아직 일러."

122번 훈련병의 군장을 5톤 트럭 뒤에 던져놓은 도훈이 뻐근한 어깨를 이리저리 돌리면서 말한다.

"재수없는 순간은 언제든지 도사리고 있으니까."

그렇다.

군대에서 훈련 중에 사고가 많이 발생하는 요인이라고 할 수 있는 건 바로 방심이다.

방심은 금물.

이런 대사만큼 훌륭하게 적용되는 곳이 군대가 아니고는 찾아보기 힘들다.

거의 훈련 막바지라고 방심하고 있다가 그 방심이 큰 사고로 이어지게 되는 법이다.

도훈도 2년이라는 군 생활 동안 그런 예를 적지 않게 봐왔다.

심지어 자신의 중대 내에서도 그런 사건이 벌어졌는데 어찌 기억 못 할 수 있을까.

"아무튼 마지막까지 힘내자. 그리고 내가 준 간식, 이번에 다 비워 버려."

"어, 왜?"

"어차피 야간 행군 이후에는 큰 훈련도 없잖아. 기껏해야 정신교육이나 퇴소 준비밖에 없고 괜히 가지고 있다가 행보관한테 들키면 낭패니까 여기서 다 해치우는 게 좋지."

"음. 과연."

7조 훈련병들은 도훈처럼 간식거리를 숨길 만한 기지를 쉽사리 발휘하지 못한다.

비밀 장소가 있는 것도 아니고, 행보관 앞에서 당당히 거짓 연기를 할 자신도 없다.

그리고 무엇보다 행보관은 사병 킬러라 불린다.

말년병장인 도훈이 아무리 날고 기어봤자 행보관 손바닥 안이다.

이번 훈련소에서 행보관에게 음식을 걸리지 않은 것은 앨리스라는 특이한 존재가 있었기에 가능했지 만약 앨리스라는 존재가 없었다면 도훈은 꼼짝없이 행보관에게 귀가 잡힌 채 행정반에 끌려가서 얼차려를 받았을지도 모른다.

짬밥은 군 생활의 전부!

그렇게 말해도 손색이 없는 장소가 바로 군대다.

우매한이 다른 훈련병들의 상태를 체크하러 갔을 때를 노려 순식간에 그동안 축적해 온 먹을거리를 전부 비워 버린 7조 훈련병들.

이제 간식품의 지원도 없다. 오로지 정신력으로 두 시간을 버틸 뿐.

출발 신호와 함께 다시 자리에서 일어선 훈련병들의 모습이 오늘따라 더욱 비장해 보인다.


현재 시각 새벽 6시 반.

마지막 휴식을 마치고 최후의 강행군을 펼치기 시작한 훈련병들의 시선에 드디어 그토록 그리워하던 훈련소의 모습이 들어온다.

"목적지다! 거의 다 왔다고!"

속도를 내며 호들갑을 떨기 시작한 철수가 122번 훈련병의 부축이라는 임무도 내팽개치고 소리친다.

다른 훈련병들 역시도 얼굴에 화색이 돌며 아직까지도 꺼지지 않은 위병소의 불을 응시한다.

총 거리 42㎞, 걸린 시간은 대략 여덟 시간 반.

실로 엄청난 훈련을 끝내고 돌아온 훈련병들에게 위병소를 지키고 있던 사병들이 수고했다고 응원을 보낸다.

지금 이 순간 훈련병들의 눈에는 오로지 연병장밖에 보이지 않는다.

다리를 절면서도 끝까지 완주한 122번 훈련병도, 약간 주접을 떨긴 했지만 그래도 포기하지 않은 철수도, 7조 인원들도.

마지막으로 이 모든 기적을 이루는 데 커다란 일조를 한 도훈도 모두가 지금 이 순간만큼은 승리자였다.

행렬 끝에 있는 마지막 인원까지 들어오는 것을 확인하고 나서야 조교들이 오와 열을 정렬시키기 시작한다.

그리고 이어지는 중대장의 목소리.

"부대, 차렷!"

척! 하는 소리와 함께 곧바로 각 잡힌 자세로 대대장을 맞이한다.

이들을 바라보던 대대장이 아주 흡족한 미소를 지으면서 역시 마이크 없이 쩌렁쩌렁한 음성으로 외친다.

"오늘 우리는 아주 큰 수확을 거뒀다! 고된 훈련 끝에 찾아오는 고통도 아니요, 추위와 배고픔도 꺾을 수도 없는 전우애! 지금 자네들의 가슴속에 뛰어오르고 있는 바로 그 전우애라는 감정이 바로 우리가 여덟 시간이 넘는 행군을 통해 얻은 값진 보물이라고 할 수 있다!"

우정과 전우애는 다르다.

친구와 전우가 다른 것처럼 말이다.

"자신의 옆 전우를 바라보라! 그리고 포옹하며 서로 수고했다고 말하면서 이번 훈련을 마치도록 한다. 포옹할 때 큰 목소리로 '전우야, 사랑한다!' 를 외치도록. 알겠나!"

"전우야, 사랑한다!!"

닭살 돋는 멘트와 함께 철수와 가볍게 포옹하는 도훈.

"남자 녀석과 왜 포옹을 해야 하는지 모르겠구만."

"나도 마찬가지야, 이 녀석아.

서로가 서로에게 상처를 주는 멘트를 가차 없이 날리며 드디어 야간 행군이 종료되었다.

\*　　　\*　　　\*

"아싸, 내가 일등이다!!"

이번에도 훈련소 내에 있는 대중목욕탕을 일시적으로 쓰게 된 훈련병들.

그중에서 철수가 방방 뛰면서 가장 먼저 온탕에 들어간다.

빛의 속도로 샤워를 마친 다른 훈련병들이 차가운 겨울의 온기를 온탕에서 녹이려는 듯 하나둘씩 다이빙을 시도한다.

첨벙대는 소리와 함께 온몸으로 스며드는 따스한 온기가 훈련병들의 마음까지 녹이기 시작한다.

"아~ 살 거 같다."

다리를 쭉 펴며 오랜만에 평화를 만끽하는 도훈도 수증기 탓에 물방울이 맺혀 있는 욕실의 천장을 바라본다.

이제 드디어 모든 훈련이 종료되었다.

실감이 나지 않지만 도훈으로서는 생애 두 번째 훈련이 이것으로 끝나게 된 것이다.

야간 행군을 끝으로 이제 남은 일정이라고는 정신교육밖에 없다.

퇴소 준비도 해야 하고, 자대 배치 룰렛도 돌리게 될 것이다.

현재로서는 가장 걱정이 되는 것이 바로 자대 배치 룰렛.

요새는 랜덤 식이라서 자대 역시도 랜덤으로 배치된다.

도훈이 원하고자 하는 부대는 바로 전에 자신이 다니던 부대.

155㎜ 견인곡사포 포병을 따내야 하는 상황에서 도훈의 운명을 쥐게 된 행운의 여신은 과연 자신에게 미소를 지어줄지 모르는 상황이다.

차원관리자들에게 부탁을 해볼까 하는 생각도 해봤지만, 아무리 생각해도 인과율 수치가 10이 넘게 나올 거 같아 포기했다.

도훈의 부대를 결정한다는 건 그만큼 다른 사람들에게 커다란 인과율을 끼치는 행위이기 때문이다.

이 세계는 알아서 흘러가는 그대로 몸을 맡기며 지내야 한다.

그게 인과율을 어긋나게 하지 않게 하기 위한 법칙.

그리고 이도훈 서포터즈의 한계점이다.

'골치 아프구만.'

거대한 산 하나를 넘었다고 생각했는데 곧이어 또 다른 산이 튀어나온다.

물론 그 두 번째 산은 야간 행군처럼 근성과 의지로 극복할 수 있는 게 아니다.

자신의 힘 스스로 극복할 수 있는 난관이라면 얼마나 좋을까.

하지만 불행하게도 이번에는 운적 요소가 다분히 존재한다.

러시안 룰렛도 아니고.

그러나 성공하게 된다면 도훈에게 있어서는 커다란 기회가 될 것이다.

이미 자신의 특기병 지식은 전부 뇌리에 저장되어 있다.

아마도 막 입대한 이등병인 이도훈이 그 해당 부대 내에 있을 상, 병장급보다도 더 많이 알고 있을 거라 자부한다.

각종 포술 경연대회에서도 1위를 휩쓸고 다닌 이도훈이다.

물론 포상 휴가라는 보기 좋은 떡밥 덕분에 피눈물 나도록 노력한 결과이지만, 어쨌든 결과만 좋으면 만사 오케이다.

간부도 좋아하고, 사병은 휴가를 갈 수 있어서 좋고, 일석이조가 아닌가.

그 지식이 무용지물이 될 경우 도훈에게 있어서는 세간에 유행하는 언어로 '멘탈 붕괴', 즉 멘붕을 일으킬 수 있을 만한 빅뱅급 쇼크로 다가올지도 모른다.

이제 겨우 습득한 군대 지식을 버리고 또다시 새로운 지식을 습득하라니.

말이 안 되지 않는가.

"생각만으로도 끔찍하네."

온탕에 들어가 있음에도 불구하고 도훈이 몸서리를 치며

상상조차 하기 싫다는 어투로 말한다.

그러자 철수가 도훈의 등을 찰싹 때리며 말하길,

"나도 행군 생각하니까 소름이 다 돋는다. 하하하!"

"난 행군 생각하면서 몸서리 친 거 아니다, 병신아. 알고나 말해."

"뭐야? 그럼 설마 또 허공에 좆질……."

"이 새끼를 그냥 확!! 오늘 한번 죽어볼래?!"

"농담이야, 농담! 물 좀 그만 뿌려! 온탕 생각보다 맛없었다니까!"

도훈과 철수의 격렬한 물 튀기기 공방은 다른 훈련병들에게도 전염이 되고, 어느새 이들을 순수한 어린아이 시절로 되돌려 놓았다.

그리고 그때,

"어허, 이 행보관도 오랜만에 젊은 친구들과 같이 목욕을……."

라고 말하면서 등장하는 행보관의 얼굴에 도훈의 물바가지 세례가 스트라이크 존으로 적중한다.

촤아악!!

아주 시원하고 깔끔하게 행보관의 안면을 강타한 도훈의 워터 어택(Water Attack)!

"해, 행보관님? 여, 여긴 어인 일로……."

훈련소에서는 늘 당당하고 패기 넘치던 도훈이 순간적으로 말을 더듬으며 바르르 떨기 시작한다.

그와 동시에 울려 퍼지는 행보관의 목소리.

"…이, 이 잡것들이……!!"

그리고 뒤이어 여지없이 불호령이 떨어진다.

"전부 엎드려뻗친다!! 실시!!"

"시, 실시!!"

"이 잡것들이 돌았나! 니들이 무슨 초등학생들이냐, 목욕탕에서 물싸움이나 하고 있게!! 그리고 123번 훈련병!"

"123번 훈련병 이도훈!"

"너, 나한테 무슨 원한이라도 있냐? 조교 제의한 게 그렇게 마음에 안 들었다면 말로 하지!"

"그런 거 아닙니다! 죄송합니다!"

"시끄럽다, 이 새끼야! 하나에 정신을, 둘에 차리자로 통일한다. 하나!"

"정신을!"

"둘!"

"차리자!"

"하나!"

"정신을!"

"……."

딱 하나에서 정지 상태.

팔은 바들바들 떨리고, 거시기는 차가운 욕실 타일에 닿은 채로 우스꽝스러운 장면을 연출하는 이들에게 있어서 오늘 하루만큼은 행보관이 이리도 무섭게 다가온 적이 없다.

"사, 살려주십시오, 행보관님."

"시끄럽다!!"

가차없이 거절당한 훈련병들은 야간 행군보다도 더욱 고통스러운 지옥을 맛보기 시작했다.

# 5장
## 멋을 부리는 방법

　지옥 같은 야간 행군을 끝으로 드디어 평화를 맞이하게 된 이들.

　모든 훈련 일정을 끝내고 맞이한 첫 번째 주말에 생각지도 못한 이벤트가 벌어졌다.

　"2생활관 주목합니다. 주목!"

　"주목!"

　활동복을 입고 휴식을 취하고 있던 토요일 오전, 우매한이 여전히 깔끔하고 각 잡힌 전투복을 차려입고 이들 앞에 모습을 드러낸다.

또 무슨 훈련이라도 잡힌 게 아닐까 두근거리는 마음으로 우매한을 바라보던 훈련병들.

그러나 우매한의 입에서 나온 것은 훈련보다도 훨씬 더 달콤한 것이다.

"오늘이 바로 훈련병들이 고대하던 '면회' 날입니다."

"아싸!!"

토요일 오전.

주말 내내 훈련소에서 군 생활을 보내고 있는 이들에게 드디어 꿀맛 같은 면회 시간이 찾아오게 된 것이다.

훈련소 인원 전부를 대상으로 희망자를 받아 면회자를 받은 결과, 하루에 몰아서 면회장을 마련하기에는 훈련소의 수용 범위가 안 될 것 같다는 대대장의 의견에 따라 토요일과 일요일 두 번에 나눠서 면회 행사를 실시하기로 결정한 것이다.

통보를 받은 철수와 도훈 역시도 이 면회 대상자에 포함되었지만.

"쳇, 내일이네."

철수가 아쉽다는 듯이 입맛을 다시면서 면회 일정표를 바라본다.

지금이라도 당장 여자 친구의 모습을 보고 싶다고 바동거리는 게 아닌가 하고 내심 도훈은 생각했지만 의외로 침착한 모습이다.

하지만 인내심을 보이는 것과는 달리 철수가 내뱉은 말은 도훈이 생각한 철없음 그대로다.

"군복 입은 남자 친구를 보면 뭐라고 말할지 감도 안 잡히네."

"고작 그런 것 때문에 고민하고 있었냐."

"생각해 봐라. 빠지지 않는 이 땀 냄새! 아무리 샤워를 해도, 옷을 빨아도 땀 냄새에 절어 있어서 빠지지 않는다고! 씨발! 뭐 이딴 경우가 다 있어?"

"원래 군복이라는 게 다 그렇지, 뭐."

특히 훈련병이 입던 군복은 더더욱 그러하다.

땀 냄새에 절은 의복이라는 말이 딱 어울리는 게 바로 군복이 아닐까 싶다.

"나중에 자대 가면 A급 전투복부터 좆나게 빨아야지 어떻게 하겠냐."

도훈도 나름 깔끔하게 입었다고는 생각하지만, 훈련병의 땀 냄새는 피해갈 수 없었다.

아마도 바깥에 있던 외부인이 이들이 현재 머물고 있는 생활관으로 들어온다면 땀 냄새에 질식사를 할지도 모를 거라는 우려가 될 정도니까 말이다.

이들이 쓸모없는 사소한 고민을 하고 있을 무렵, 면회에 대한 두근거림으로 벌써부터 준비를 시작한 훈련병들은 A급 전투복과 A급 전투화를 신고 차례를 기다리고 있다.

어차피 토요일 오전은 할 일도 없는지라 마땅히 둘이 오순도순 마주 앉아 수다를 떠는 것도 지겨울 찰나에 도훈이 어쩔 수 없다는 듯이 철수의 떡대 어깨를 툭 치며 말한다.

"야, 가자."

"어디를?"

"어디긴, 다림질하러."

"다림질을 왜?"

"병신아, 내일 면회라며. 전투복에 각 좀 잡아둬야지. 안 그러냐?"

"전투복에 각은 왜 잡아둬야 하는데? 불필요하잖아."

"본래 군인에게는 각이 생명이라고. 휴가 나가서 군복 입은 군인을 보면 우선 각부터 본다는 말이 있을 정도로 각은 중요하단 말이다. 일종의 생명선! 언더스텐?"

"음, 모르겠어."

"잔말 말고 따라오기나 해."

강제적으로 철수를 이끌고 향한 곳은 다름이 아닌 재봉실.

말이 재봉실이지 작은 칸막이 하나에 다리미 하나밖에 없는 허름하기 짝이 없는 구조이다.

"어디 보자."

다리미를 콘센트에 꽂자 다리미에 열이 올라온다.

"이건 TV와는 다르게 무사히 작동하네."

사실 도훈은 다리미를 작동시키기 전에 분명 이것도 고장 난 거 갖다 놓고 그냥 있어 보이는 척하는 거라 생각했지만, 제대로 작동되자 도훈은 솔직히 조금 놀랐다.

훈련소에서 제 기능을 하는 전자기기가 있을 줄이야!

하지만 놀라움도 잠시, 혹시 모를 조교의 태클을 대비해서 슬리퍼를 신고 철수에게 재봉실에서 잠시 기다리라고 한 뒤 직접 행정반으로 찾아갔다.

똑똑.

"들어와."

어째 익숙한 목소리가 행정반 안에서 들려오는가 싶더니, 도훈의 평생 천적인 행정보급관이 다리를 꼬고 앉아 신문을 보고 있는 게 아닌가!

반사적으로 행보관의 팔에 둘러진 완장을 보며 도훈은 속으로 절망할 수밖에 없었다.

'씨발! 오늘 행보관이 당직일 줄이야!'

생각지도 못한 변수가 발생했다.

모처럼 주말을 편하게 훈련 없이 보내나 싶었는데 행보관 당직은 도훈에게 벌써부터 정신적 피로함을 선사해 주기 시작한다.

게다가 주말이라니.

아직 지시를 내리진 않았지만 벌써부터 일광 건조와 관물대 정리, 대청소 실시 등 아찔한 명령 후보 목록이 도훈의 머릿속을 가득 채우기 시작한다.

세상에 쉬라고 만들어둔 빨간 날인 주말에 평일보다도 더 빡센 대청소를 실시하는 게 말이 되는가!

물론 위생상으로는 필수불가결한 요소라 할 수 있겠지만, 훈련병 입장에서는 그런 지시 사항을 내리는 행보관이 지옥에 서식하고 있는 악마보다도 더 무섭다.

'아, 좆 됐네.'

절로 나오는 한숨 소리을 억지로 다시 삼키며 거수경례를 하는 도훈.

"123번 훈련병 이도훈, 행정반에 용무가 있어 왔습니다!"

"무슨 일이야, 말년 신병?"

어느새 행보관의 뇌리에는 이도훈=말년 신병이라는 수식어가 형상되었나 보다.

하기야 하는 행태 자체가 완전한 말년급은 아니더라도 최소 병장급은 되다 보니 행보관의 저런 별명에 주변에선 어느 정도 납득한 상황이다.

긴장했는지 살짝 침을 삼킨 도훈이 행보관에게 말한다.

"잠시 다리미 좀 사용해도 되겠습니까?"

"다리미? 뭐하러?"

"내일 면회가 있어 각 좀 잡아두려고 합니다!"

"허참, 훈련병 주제에 각 잡는 방법도 알고 있나?"

"사촌형한테 배웠습니다!"

물론 거짓말이다.

휴가 때마다 각을 잡는 건 거의 도훈의 몫이었기 때문에 각 잡는 데 있어서만큼은 일품의 실력을 지니고 있다.

자대 내에서도 휴가를 나가는 사병이 생길 때마다 도훈에게 달라붙어 제발 전투복 각 좀 잡아달라고 사정하는 이들도 꽤 있었다.

말년병장이면서 손재주도 좋았기에 도훈은 여러모로 이득을 많이 볼 수 있었다.

심지어 이발병이나 제초병 등 작업병 보직을 받을 수도 있었지만, 행보관이 무서웠기에 얌전히 포기할 수밖에 없었다.

그렇다 해도 도훈의 능력이라면 충분히 여기저기에서 포상 휴가 한두 개 정도는 우습게 따올 수 있었기에 굳이 정당한 노동력을 제공하면서 포상 휴가를 취할 생각은 하지 않았다.

"훈련병이 다림질을 해봤자 얼마나 잘하겠나. 어설프게 각 잡을 바에야 차라리 안 잡는 게 훨씬 더 이득일지도 몰라."

행보관은 자기 딴에는 충고라고 해줬지만, 실상 도훈의 정체를 알고 난다면 절대로 이런 말은 하지 않을 것이다.

모든 잡기의 달인!

쓸모없는 사소한 일에 유독 손재주가 좋은 도훈이기에 각 잡는 일 정도는 가볍게 소화할 수 있다.

"그럼 허락해 주시는 겁니까?"

"흐음, 허락은 해주겠다만, 일단 군복을 다리고 나한테 검사 맡도록."

"……?"

"어디 한번 얼마나 잘 잡나 보려고 하는 거다. 짜식, 괜히 긴장하고 있어. 허허."

행보관이 호쾌하게 웃으면서 도훈의 어깨를 툭툭 두드린다.

사실 행보관으로서는 매우 궁금할 수밖에 없었다.

과연 도훈의 각 잡는 능력이 어느 정도이기에 저렇게 자신만만하게 다리미질을 하겠다고 하는 것인지.

군복에 각 잡는 일은 물론 군인들 사이에서는 자존심을 세우는 일이 될 수도 있다.

어디까지나 군인에 한정으로 군인들 사이에서는 제대로 잡힌 각을 보면 '오!' 라고 탄성을 터뜨릴 정도이다.

하지만 어설프게 각을 잡는다면 안 잡는 것보다도 못하다.

기껏 받은 A급 전투복을 망치느냐, 아니면 최상의 A급 전투복으로 만드느냐가 다림질 하나에 달려 있다.

"어디 한번 지켜보겠다."

"예, 감사합니다!"

행보관에게 검사를 맡으러 오라는 개인적인 명령 조건을 달고 나서야 공식적으로 다리미 사용을 허가받은 도훈은 발걸음이 무거워진 것인지, 아니면 가벼워진 것인지 알 수 없는 오묘한 감정에 사로잡혔다.

행정반에서 재봉실 사용을 허가받고 온 도훈은 훈련병 역사를 통틀어 각을 잡고 면회하는 훈련병이 될 수 있을지 없을지에 대한 기로에 서 있다.

첫 다림질은 무엇보다도 중요하다.

"은근슬쩍 긴장되네."

뒤에서 바라보고 있는 철수는 아마 도훈이 왜 이렇게까지 각 잡기에 신중을 기하는지 절대로 알 수 없을 것이다.

군인에게 있어서 각은 생명이기에 이마와 손등에 맺힌 땀을 수건으로 닦은 뒤 정결한 마음가짐으로 전투복 상의를 올려놓는다.

목덜미와 어깨 부분에 3선, 그리고 팔과 전투복 상의 앞에 각을 잡는 게 오늘 도훈의 목표.

연신 명경지수와 같은 마음가짐을 외치며 천천히 다림질에 임하기 시작하자, 도훈의 의지를 반영하듯 뜨거운 다림질의 열기가 수증기로 변환되어 치솟는다.

치익 소리와 함께 드디어 시작된 다림질.

도훈의 다림질 솜씨가 신기한지 주변으로 훈련병들이 옹기종기 모여들기 시작한다.

과연 무엇을 하려고 저렇게 신중을 기하는 태도로 임하는 것일까.

지금까지 보아온 도훈의 태도를 통틀어서 오늘이 가장 신중해 보인다는 평가가 나올 정도로 도훈은 현재 초 집중 모드로 임하고 있었다.

"근데 도훈이 누구 전투복을 다리고 있는 거야?"

야간 행군 때 이들에게 신세를 졌던 122번 훈련병이 발목에 붕대를 감은 상태로 철수에게 묻는다.

그러자 철수가 한숨을 내쉬며 손가락으로 자신을 가리키며 말한다.

"내 거."

"우와! 도훈이 짱인데? 절친을 위해 저렇게까지 신경 써주다니."

"저게 신경 써주는 거 같냐? 오랜만에 다림질하는 거라서 불안하니까 첫 타로 내 전투복 상의를 희생양으로 바치겠다면서 해주는 건데?"

"…역시 악마 이도훈이구만."

괜히 이도훈이 스스로 자신의 군복을 희생하면서까지 다림질을 하겠는가.

무엇보다도 소중한 자신의 A급 전투복을 이런 하찮은 실험 대상으로 삼을 수 없다는 게 도훈의 군대 철칙 중 하나다.

내 물품은 보물같이! 네 물품은 대용품같이!

이런 마음가짐으로 군 생활을 해온 도훈이기에 철수의 전투복으로 마음껏 각을 잡는 연습을 하게 된 것이다.

어차피 철수로서는 A급 전투복의 첫 각을 잡는다는 행위의 중요성을 모르기 때문에 뭣도 모르고 도훈의 제안에 승낙했을 테지만, 훗날 이 사실을 더듬어 회상해 본다면 도훈에게 라이트 펀치, 어퍼컷 펀치를 휘두를 것이다.

모르는 게 약이다.

지금 철수에게 적용되는 게 아마도 이런 속담이지 않을까 싶다.

"후우!"

뒤에서 훈련병들이 뭐라고 떠들든 상관하지 않겠다는 강력한 의지로 다림질에 임하던 도훈이 드디어 첫 번째 각 잡은 전투복 상의를 이들에게 선보인다.

"보아라, 멍청한 초짜 신병들아! 이게 바로 말년의 각 잡기 능력이다!"

"오오오!"

정확히 3선 일치!

수치까지 측정하면서 줄을 잡아놓은 도훈의 솜씨에 절로 감탄하는 훈련병들이다.

아무것도 모르는 훈련병의 시선일지 모르지만, 확실히 각을 잡아놓은 전투복과 그렇지 않은 전투복의 차이는 확연하게 드러난다.

"이야! 완전 짱인데?!"

"이도훈, 나도 좀 해주라!! 내일 면회인데!"

"그다음 나다!"

순식간에 이도훈 다림질이 불티나게 인기를 끌게 된다.

도훈의 3선 일치 다림질이 눈앞에 강림하자 훈련병들의 시선이 도훈의 다림질 솜씨에 꽂히게 된다.

뭔지는 모르지만 왠지 멋있어 보이는 3선의 어깨선!

"보아라, 미개한 훈련병들아. 이게 바로 말년의 솜씨다. 하하하!"

"역시 이도훈 척척박사님!"

"나도, 나도 해줘! 오늘 면회란 말이다!"

"시끄러워! 내가 먼저야!"

서로 도훈에게 달려들며 자기 전투복도 다려달라고 아우성을 내지르기 시작한다.

그러나 도훈은 재봉실로 다가오는 훈련병들의 안면에 사

커 킥을 날리면서 시끄럽다는 듯이 소리친다.

"입 좀 다물어라! 무슨 좀비 새끼들도 아니고. 워킹 데드 시즌 4라도 찍냐?! 군대에서 질서 정연도 안 배웠어? 이런 버르장머리 없는 초짜 신병들!"

같은 훈련병 신분임을 일시 망각했는지 도훈이 훈련병들을 대뜸 혼낸다.

어쨌든 그렇게 한동안 다림질 소동이 벌어지고 나서야 겨우 진정된 생활관 내부 분위기.

일단 내일 철수와 같이 면회를 하게 될 도훈의 전투복부터 먼저 다리고 난 이후 나머지는 도훈에게 얼마나 기분을 맞춰주느냐에 따라 다림질을 해주느냐 마느냐로 서로 합의를 본다.

본인의 전투복을 먼저 다린 직후,

"역시 내가 봐도 깔끔한 솜씨군."

첫 타로 연습 삼아 다림질을 한 철수의 전투복보다 훨씬 더 완성도가 높은 3선이 탄생했다.

"어이쿠, 이런. 군복 각에 손이 베일 뻔했네. 하하하!"

도훈의 자화자찬은 그렇게 한동안 계속되었다.

*    *    *

점심식사를 마치고 나자 면회객들과 훈련병들의 모습이 위병소 멀찌감치 보이기 시작한다.

"아, 부럽다."

솔직한 심정을 토로하는 철수가 하염없이 여자 친구가 언제 올지 기다리는 눈빛으로 쾌청한 겨울 하늘을 바라본다.

물론 내일 오기 때문에 이런 행동은 무의미하다고 볼 수 있다.

"네가 전투복도 다려줬으니까 오늘은 편히 잘 수 있겠다."

"아직 안 끝났어, 병신아. 벌써부터 긴장 놓지 마라."

"…뭐라고?"

"군인의 면회 준비는 아직 끝나지 않았다고. 제일 중요한 게 남아 있잖아."

"또 남았어? 도대체 군인들은 뭐하러 이런 생고생을 자처해서 하는 거야?"

"나도 몰라. 어쨌든 남은 건 이제 하나다."

그리고 철수의 어깨를 몇 번 두드리며 말한다.

"전투화 가지고 생활관 현관 쪽으로 나와라."

"설마……."

"그래, 이건 너도 아마 들은 적이 있을 거다."

도훈이 싱긋 웃으면서 굳이 말할 필요도 없다는 제스처를 취한다.

아무리 눈치가 없는 철수라 할지라도 도훈이 무엇을 하려는지 충분히 알 수 있다.

군인의 생명이라 할 수 있는 전투화 광내기.

"아니, 광내는 건 좋은데… 있는 거라고는 구두약밖에 없잖아. 그걸로 광을 낼 수 있어? 난 아무리 해도 안 되던데."

철수가 걱정 어린 표정으로 우려를 표하지만, 오히려 도훈은 걱정하지 말라는 듯이 호쾌하게 웃어 보인다.

"잔말 말고 나만 믿어라. 내 거하고 니 전투화 챙겨서 현관 앞에서 만나자. 오케이?"

"어, 알았어."

일단 도훈이 한 말에 따라보자는 식으로 고개를 끄덕인다.

지금까지 훈련소에서 도훈과 알고 지내며 들은 충고는 모두 하나같이 훈련병으로서 피가 되고 살이 되지 않았는가.

분명 이번에도 도움이 될 것이라 믿어 의심치 않은 철수는 생활관에서 자신의 전투화와 도훈의 전투화를 가지고 내려온다.

그러자 이미 모든 준비를 마치고 철수가 내려오기만을 기다리고 있던 도훈이 퉁명스럽게 말한다.

"늦었잖냐."

"미안. 그런데 이게 다 뭐냐?"

"뭐긴, 보시다시피."

도훈의 앞에 놓여 있는 것은 구두약 뚜껑에 담겨 있는 물, 그리고 우유, 마지막으로 어디서 구해왔는지 라이터까지 구비되어 있다.

"물과 우유는 뭐하러 가져온 거야?"

"종류별로 광을 내려면 사전에 많은 준비가 필요하지. 그리고 가장 중요한 건 바로 이거다."

목소리를 높이며 도훈이 주머니 속에서 꺼내 든 것은 바로 다 떨어진 러닝셔츠다.

"광을 내는 데 가장 중요한 녀석이라 할 수 있지."

"음, 모르겠는데."

여전히 아리송한 표정으로 도훈의 명강의를 수강하지만, 정작 학생인 철수는 이해 불가 상태다.

우선 시범 대상으로 자신의 전투화가 아닌 철수의 전투화를 꺼내 든 도훈이 러닝셔츠에 과감히 구두약과 물을 묻히며 연속으로 계속 원을 그리는 행동을 반복한다.

중간에 '하아~' 하고 입김까지 불어 넣으며 그렇게 3분 동안 계속 똑같은 행동만 반복하는데,

"뭐하는 거야, 도훈아?"

지루한지 철수가 슬쩍 말을 걸어보지만, 도훈은 묵묵히 똑같은 행동만 반복한다.

그리고 계속 문지르던 전투화의 앞부분을 보여주는데,

"누, 눈이 부셔?!"

철수의 얼굴이 비춰 보일 정도로 반짝이는 전투화의 앞부분에 철수가 비명을 내지른다.

별다른 행동도 하지 않았는데 벌써부터 광이 나기 시작하다니.

게다가 시중의 유광보다도 더 광이 나는 듯한 기분이 드는 건 왜일까.

"인내와 고난의 시간을 거쳐야만 광을 낼 수 있는 게야."

뭔가 득도라도 한 듯 말하며 묵묵히 물광을 내는 도훈이다.

시간이 엄청 오래 걸린다는 단점이 있지만 확실히 광 하나는 끝내준다.

"물 대신 우유를 사용하면 우유광이 되는 거지."

"그냥 막 갖다 붙이는구나?"

"원래 군대란 다 그런 거 아니냐."

도훈도 사실 처음 광내는 법을 배울 때는 많이 힘들었다.

그래도 결과가 좋으니까 괜찮다고 볼 수 있다.

물광, 우유광, 그리고 아직 선보이지 않은 불광까지 전부 마스터했으니까 말이다.

"너에게 새로운 신세계를 보여주마."

라고 말하며 라이터를 켠다. 그리고 난데없이 구두약에 불을 붙이는데,

"오오옷?! 불이 붙잖아?!"

마치 폭탄주에 붙은 불처럼 신기하게 타오르기 시작하는 구두약이 점점 액체화되기 시작한다.

때를 놓치지 않고 입으로 바람을 만들어 불을 끈 도훈이 러닝셔츠에 녹은 구두약을 묻힌다.

그리고 빙글빙글 원을 그리며 또다시 인내의 시간을 보내는데,

이윽고 물광에 버금갈 정도로 번쩍이는 광이 세상에 모습을 드러낸다.

"이게 바로 불광이라는 거다."

"세상에! 야, 너 구두 광내는 아르바이트라도 한 적 있냐? 뭘 그리 상세하게 잘 알아?"

"이게 다 짬밥을 통해 얻은 내공이지."

본래 아무것도 모르는 이등병이 면회나 혹은 휴가를 나갈 때 선임이 직접 옷을 다려주고 전투화에 광을 내주는 전통이 내려온다.

모든 부대가 다 그렇지는 않지만 도훈이 머물렀던 부대의 전통은 그러했다.

이등병을 챙겨준다는 의미로 만든 관습이지만, 아직까지 끊이지 않고 이어져 내려온다.

"어쨌든 봐라. 이 정도 광이면 되겠지?"

"진짜 끝내준다, 너. 누가 보면 니가 조교인 줄 알겠다."

"조교보다도 훨씬 더 위엄 넘치는 말년병장이라 불러다오."

철수의 전투화에 물광과 우유광, 그리고 불광이라는 각종 광의 종류의 기적을 행사한 도훈이 이번에는 자신의 전투화에 광을 내기 시작한다.

또다시 시작된 광내기 작업에 지나가던 행보관이 이들의 모습을 포착한다.

"다림질에 이어 이번에는 광까지 내는 거냐?"

"충성!"

"어, 충성. 그나저나 이 광은… 말년 신병이 한 거냐?"

"예, 그렇습니다!"

"흐음. 제법이구만."

철수의 전투화를 들고 광을 구경하던 행보관이 혀를 내두른다.

"말년 신병, 구두닦이 아르바이트 한 적 있나?"

"없습니다!"

철수와 똑같은 질문을 할 정도로 믿기지 않는 광의 기적을 행사한 도훈이다.

손재주가 좋은 도훈의 능력과 군대에서 터득한 지식이 또 한 번 전투화의 광처럼 빛을 내기 시작한다.

전투화 광내기까지 만반의 면회 준비를 마치고 난 이후 내일을 대비해 샤워까지 한다.

이제 철수와 같이 끝내주는 미인과 데이트를 즐기면 된다.

내일을 위해 때 빼고 광까지 냈으니 나름 자신만만.

물론 민간인의 시선으로 본다면 어디에 어떤 손질을 했는지 감도 안 오겠지만 같은 군인들은 알 수 있다. 3선의 칼 잡힌 각을.

그리고 결전의 당일.

철수와 함께 긴장된 표정으로 자신의 이름이 호명되기를 기다리고 있는 도훈에게 드디어 우매한이 모습을 드러낸다.

"123번 훈련병, 124번 훈련병."

"123번 훈련병 이도훈!"

"124번 훈련병 김철수!"

"면회 왔습니다. 바로 나갈 수 있도록 준비합니다. 알겠습니까?"

"예, 알겠습니다!"

오늘만큼 우매한의 목소리가 이리도 달콤하게 느껴진 적도 없다.

우매한의 인솔하에 드디어 면회실에 도착.

그러자 수많은 면회객 중 가장 눈에 들어오는 미인 두 명이 우아한 자태를 뽐내고 있다.

"자기야~!"

덩치에 맞지 않은 애교 섞인 목소리를 연발하며 끝내주는 미인 중 한 명에게 달려가는 김철수를 보고 도훈은 속으로 오바이트가 올라왔지만, 연상 연하 커플이니 그러려니 하고 넘어간다.

어쨌든 중요한 건 그게 아니니까 말이다.

거대한 가슴에 얼굴을 묻은 철수의 모습에 어쩔 수 없다는 듯이 큰 덩치 녀석의 등을 쓰다듬어 주는 여성.

"얼마나 고생한 거야, 우리 달링."

"많이, 엄청 많이!"

'우웩!'

헛구역질이 나오는 것을 간신히 손으로 막은 도훈이 구타 유발자로 전직한 철수를 어떤 식으로 패야 기분 좋게 때릴 수 있을까 잠시 고민하는 사이 또 다른 미인이 멀뚱멀뚱 서 있는 도훈에게 다가온다.

"도훈 씨 맞나요?"

"아, 예!"

"친구한테 많이 들었어요. 듣던 대로 잘생기셨네요."

"하하하! 제가 한 잘생김 합니다!"

철수의 구역질 어린 행동에 잠시 카오스 상태가 되었던 도훈이지만, 여하튼 그건 미인계로 인해 완치되었다.

그러나 이런 도훈을 몰래 지켜보는 세 명의 눈이 있다는 사실을 도훈 본인은 눈치채지 못했다.

노발대발하며 면회실 안쪽으로 고개를 빠끔히 내밀고 도훈의 상태를 바라보던 앨리스가 다이나를 상대로 언성을 높인다.

"팀장님, 이대로 보고만 있을 건가요?! 여기서는 서포터즈의 저력을 보여줘야 할 때라고 생각합니다!"

"저력은 무슨. 남의 연애사에 관심 가져서 어쩌려고."

"남의 연애사라니요! 생판 인연운도 없는 녀석이 연애 따위를 하잖아요! 이거 인과율 수치에 어긋나지 않나요?!"

"오히려 너와 도훈의 연애가 더 인과율 수치가 높게 나온다고. 제발 이 세상에 큰 영향을 끼치지 않게끔 주의하면서 녀석과 만나. 알겠니?"

서포터즈의 역할은 어디까지나 인과율 수치 10 이하의 도움만 줄 수 있다는 명확한 한계치를 지니고 있다.

물론 어디까지나 도움일 뿐.

"방해는… 해도 된다는 뜻이죠?"

"무엇을 하려고?"

"그야 뻔하잖아요."

다이나와 같이 몰래 숨어 있던 앨리스가 인간의 목소리로는 표현될 수 없는 언어를 읊조리기 시작한다.

그러자 한겨울에 부는 바람치고는 약간 따뜻한 봄바람이 살짝 앨리스의 전신을 휘감으며 이내 사라지는데.

"이, 이 멍청한 녀석! 뭐하는 거야?!"

당황한 다이나가 앨리스의 어깨를 잡고 이리저리 흔들기 시작한다. 그러자 앨리스가 싱긋 웃으며 말하길,

"투명화 프로그램을 해제했지요."

"다른 사람의 눈에 띄어서 어쩌자는 거야!"

"굳이 말할 필요 있어요? 남의 연애사 방해하러 갈 거예요."

"인과율 수치는 어쩌려고?"

"분명 이 세계에서는 저 여자와 도훈이 이어지지 않을 결과로 나타날 거라고요. 그러니까 인과율 수치는 0이라고요, 0! 업무 방해하지 마세요. 팀장님."

당당히 말하며 면회실 안으로 발걸음을 옮기는 앨리스의 행태를 보고 다이나는 골치가 아프다는 듯이 미간을 찡그린다.

"내가 못살아."

한편,

면회실 안에서 2대 2 미팅(그중 두 명은 한 커플이지만 말이

다)을 개최 중인 남과 여. 하지만 이들을 향해 다가오는 검은 그림자가 있다.

"우와!"

면회실에서 식사를 하고 있던 군인들이 낯선 여자의 등장에 의해 온통 시선을 빼앗긴다.

윤기 있는 긴 머리카락, 볼륨 있는 몸매.

전형적인 동양 미인의 청초한 분위기를 자아내는 여성 앨리스가 오늘은 평범한 캐주얼 복장으로 면회실 안에 강림했다.

평소와는 다르게 평범한 복장이라 해도 앨리스의 외모를 한층 더 빛나게 해줄 만한 코디로 치장한 것은 한국 드라마의 열렬한 팬이자 브랜드 패션에 지대한 관심을 가지고 있는 트위들디의 적극적인 코디 덕이다.

남자들이 좋아할 만한 패션을 요리조리 꿰뚫고 있는 트위들디의 지식을 토대로 오늘만큼은 푼수 애교 덩어리가 아닌 말 그대로 여신의 분위기를 물씬 자아내는 청순미 콘셉트로 치장했다.

또각또각 힐 소리를 내며 낯선 여자와 시시덕거리고 있는 도훈의 뒤에 나란히 선 앨리스.

왠지 낯설지 않은 향기와 더불어 불안한 느낌을 온몸으로 받아들인 도훈이 삐걱거리는 고개를 억지로 돌려 뒤를 돌아

보자, 그곳에는 대놓고 노골적으로 화가 난 표정으로 앨리스
가 팔짱을 낀 채 도훈을 내려다보고 있다.

"잘 있었어, 달링?"

"……?"

순식간에 분위기가 다운된 2대 2 미팅 자리.

왜 이곳에 앨리스가 있으며, 왜 이 녀석이 자신을 달링이라
부르며, 왜 이 녀석이 화를 내는지 도훈으로서는 도통 감을
잡을 수가 없지만, 가장 중요한 요소부터 먼저 확인하고 봐야
겠다는 식으로 철수의 옆구리를 쿡쿡 찌르며 묻는다.

"야, 덩치에 어울리지 않는 징그러운 애교쟁이 김철수."

"…왜 그러냐, 숨겨둔 여자 친구가 있으면서도 나한테는
말해주지 않은 이도훈 씨?"

"너 설마 앨리스가 보이는 거냐?"

"앨리스? 이 여성 분, 외국인이야? 아니면 혼혈?"

"……."

이것으로 확실시되었다.

다른 사람의 눈에 앨리스가 보이는 것이다.

물론 투명화 프로그램이 걸려 있지 않은 다이나가 다른 사
람의 시선을 조심하는 장면을 도훈은 본 적이 있다.

그 일을 토대로 이들이 자신한테만 보이는 것은 투명화 프
로그램이라는 괴상망측한 기술 때문이라는 사실도 알게 되었

고, 그게 없으면 다른 사람들의 눈에도 보이지 않을까 하는 가설도 세운 적이 있다.

하지만 그 가설이 단계를 거치지 않고 바로 실전을 통해 증명되어 버렸다.

그것도 하필이면 최악의 상황에서.

"…안녕, 앨리스."

"안녕 같은 소리 하고 있네!"

구두의 끄트머리로 도훈의 정강이를 확 걷어찬 앨리스의 폭력에 순간적으로 엄청난 통증을 느끼며 게거품을 물기 시작하는 도훈이다.

낯선 여자의 출연에 당황한 건 여자 측도 마찬가지.

"도, 도훈 씨, 여자 친구 있었어요?"

"하하하! 아닙니다. 이 녀석은 여자 친구가 아니라……."

"평생의 반려자인데요."

"여동생입니다! 이 녀석은 제 하나밖에 없는 혈육으로 명백히 피가 이어져 있고, 아주 사랑스럽지만 가끔 오빠의 정강이를 걷어차는 못된 버릇이 있는 건방진 여동생입니다! 하하하! 앨리스, 잠깐 따라와!"

"왜? 내가 뭘 어쨌는데?"

"잔말 말고!"

앨리스의 가녀린 손목을 잡고 거의 끌다시피 면회실 밖으로 나왔다.

남겨진 이들은 어안이 벙벙한 채 도훈과 앨리스의 뒷모습을 멍청히 바라볼 뿐이다.


"내 이럴 줄 알았어."

다이나가 고개를 저으며 여전히 화가 덜 풀렸다는 듯 퉁명스러운 표정으로 볼을 빵빵하게 부풀린 채 분노 게이지를 표현 중인 앨리스를 바라보며 말한다.

"질투라는 감정… 이겠지, 아마도. 하지만 적어도 공과 사는 구분하렴, 앨리스. 팀장으로서 명령이야."

"…네에."

"건성으로 대답하지 말고."

앨리스를 혼내고 있는 다이나도 현재는 투명화 프로그램을 해제한 상태다.

자신이 투명화가 걸린 상태로 다른 사람들과 말을 걸게 되면 도리어 이상하게 보일지 모르기 때문이다.

투명인간과 대화하는 것도 아니고 말이다.

앨리스를 혼내고 있는 다이나에게 도훈이 여전히 통증을 호소 중인 정강이를 매만지며 말한다.

"너희들, 서포터즈냐 아니면 악당이냐. 어느 쪽으로 갈 건지 명확하게 콘셉트를 정해."

"서포터즈야. 팀장인 내 말이니까 그렇게 새겨들어."

"그렇다면 서포터즈답게 행동하란 말이다. 감히 이 몸의 연애사를 방해하려 해? 평생 솔로로 만들 일 있냐?"

"앨리스가 너에게 혼인청구서를 주장하는 점에 대해서는 어떻게 생각해?"

"이뤄질 수 있는 관계도 아니잖아."

"그 점은 앨리스를 잘 설득해 봐."

"내가?!"

"요즘은 내 말도 잘 안 듣거든. 인턴 주제에 감히 팀장의 말을 안 듣다니… 정말 잘리고 싶니?"

"……."

"하아, 진짜."

겉으로 보기에는 매우 냉정해 보이고 엄격한 오피스 레이디처럼 보이지만, 그래도 다이나만큼 정이 많은 존재도 없을 것이다.

말괄량이 앨리스를 데리고 다니는 것도 아마 다이나의 이런 성품 덕이지 않을까 싶다.

"모처럼의 찬스였는데……."

머리를 긁적이며 늘어지게 한숨을 내쉬는 도훈이 슬쩍 앨리스를 바라본다.

마치 초등학생처럼 무릎을 꿇은 채 양손을 머리 위로 들고

서 울먹이며 난 잘못한 거 없다는 눈망울을 하고 있는데 세상의 어떤 남자가 흔들리지 않을 수가 있을까.

"…알았어. 알았다고."

신경질적으로 머리를 긁적이던 도훈이 다이나와 앨리스에게 말한다.

"철수한테 말하고 올 테니까 셋이서 같이 면회나 즐기자."

"정말?"

이미 화가 다 풀렸는지 금세 분위기가 반전된 앨리스가 도훈에게 기습 팔짱끼기를 성공시키며 말한다.

"역시 마이 달링! 사랑해~"

"사랑은 개뿔. 다이나, 트위들디도 부를 수 있어?"

"양손에 꽃이면 됐잖아. 트위들디까지 욕심내? 역시 남자란 다 늑대라니까."

다이나가 눈을 흘기며 불만을 토로하지만, 어쩔 수 없다는 듯이 고개를 끄덕인다.

"잠깐만 기다려. 오늘 비번이긴 한데, 인간 사회에서 투명화 프로그램 없이 당당히 돌아다닐 수 있을 거라고 말하면 즉각 날아올 거야."

"하긴 그 녀석은 묘하게 인간 사회에 대한 동경이 있더라."

한국 드라마의 영향일까.

매번 TV밖에 접할 수단이 없으니까 아마 트위들디 입장에서는 직접 체험할 수 있는 기회가 보물처럼 여겨질지도 모른다.

졸지에 세 명의 여자를 데리고 다녀야 하는 상황에 놓이게 된 도훈.

남들은 부러운 시선으로 볼지도 모르지만, 정작 본인의 입장에서는 매우 골치 아픈 일이다.

하지만 앨리스나 다이나, 트위들디 다 자신을 위해 서포터즈 역할을 하고 있기 때문에 이번 기회를 통해 작게나마 보답을 하고 싶다는 마음이 있는 것도 사실이다.

'그나저나 이 녀석들과 면회하기 위해서 어제 그토록 전투복과 전투화를 반짝반짝 만들었나 생각하니 왠지 기운 빠지네.'

간만에 솜씨를 발휘해서 3선의 기적과 더불어 광(光) 속성을 전투화에 부여했건만 막상 데이트를 즐기게 된 것은 차원관리자 3인방이다.

'그래도 뭐… 나쁜 건 아니다.'

스스로를 위로하며 쓴웃음을 짓는 도훈의 속마음을 아마서포터즈 미녀 3인방은 알지 못할 것이다.

다이나가 트위들디를 부르겠다고 약속하고 나서 일단 도훈은 철수에게 면회를 파토내서 미안해 사과하려고 발걸음을 옮긴다.

어색한 분위기의 철수에게 다가간 도훈이 머리를 긁적이며 말한다.

"…미안하다. 설마 여동생이 면회 올 줄은 몰랐어."

"괜찮아, 괜찮아. 난 또 네 여자 친구인 줄 알았지. 그것보다 여동생이 장난 아니게 예쁘더만."

예쁘다는 발언에 철수의 여자 친구가 살짝 철수의 옆구리를 꼬집는다.

그러자 철수가 어색하게 웃으면서 신경 쓰지 말라는 듯이 도훈에게 말한다.

"우리는 괜찮으니까 상관 말고……."

그리고 슬쩍 여자 친구의 친구를 쳐다본다.

도훈과 맺어주기 위해 데려온 여자에게 오히려 더 미안한 마음이다.

그러나 여자는 도훈에게 빙그레 웃어 보이며 상냥한 말투로 말한다.

"나중에 여동생 분이랑 같이 식사라도 했으면 좋겠어요."

"그야 당연하죠! 하하! 제가 휴가 나가면 꼭 이번 일에 대한 사죄의 의미로 맛있는 식사를 대접하겠습니다!"

"기대하고 있을게요."

어쩜 마음씨도 천사 같을까.

생긴 것도 미인인 데다가 고운 마음씨까지 소유하고 있다.

이런 여자, 쉽게 찾아볼 수 있는 타입이 아니다.

도훈도 그 사실을 알고 있기에 여자가 적어준 전화번호를 품 안에 소중히 보관하며 차원관리자 3인방이 기다리고 있을 장소를 향해 다시 발걸음을 옮긴다.

"늦었잖아!"

잔디밭 위에 돗자리를 깔고 앉은 앨리스가 기다리다 지쳤다는 듯 화를 버럭 낸다.

돗자리뿐만 아니라 어디서 공수해 왔는지 각종 먹을거리가 잔뜩 배열되어 있는 게 아닌가.

한국 야식의 산중인이라 할 수 있는 치킨과 더불어 피자, 탕수육, 자장면, 기타 등등 맛있는 먹을거리가 준비돼 있다.

"도대체 누구냐, 이렇게 많은 음식을 시킨 녀석이?"

도훈의 말에 다이나와 앨리스의 시선이 음식 배달지를 든 채 신기하다는 듯이 구경하고 있는 트위들디 쪽으로 향한다.

오늘도 변함없이 트레이드마크라 할 수 있는 커다란 선글라스를 착용하고 양산까지 들고 온 트위들디가 고개를 갸우뚱하며 도훈에게 묻는다.

"왜, 불만 있어?"

"있지. 그것도 엄청나게 많이."

"뭐야? TV에서는 군인들은 언제나 굶주림에 시달린다고 하기에 기껏 맛있는 음식은 최대한 다 시켜봤건만."

"다 먹을 수나 있냐? 이건 음식 낭비라고."

"다 못 먹어?"

"누구 위장 터지는 꼴 보고 싶냐. 그것보다도 다이나, 넌 팀장이면서 왜 안 말린 거야?"

"…화장실 간 사이에 이미 다 주문해 놓은 걸 내가 어떻게 말려?"

숏커트를 찰랑이며 도훈을 매섭게 노려보는 다이나의 반론이다.

앨리스는 어차피 더 이상의 사고를 쳐주지 않은 것만으로도 고마워해야 할 정도니까 논외로 치고.

"어쨌든 시킨 거니까 일단 먹고, 남으면 생활관으로 올려야겠다."

최대한 먹을 수 있을 만큼 해치우기로 결정한 도훈은 차원 관리자 3인방과 나란히 식사를 즐기기 시작한다.

물론 평안한 식사가 되리라고는 도훈도 생각하지 않았다.

"우와! 이거 맛있어! 뭐라고 하는 거야? 응? 이거 무슨 음식이야?"

도훈의 어깨를 찰싹찰싹 때리면서 피자의 정체를 묻는 앨리스다.

그만 좀 때리라며 앨리스에게 훈계를 늘어놓으며 도훈이 간단하게 대답해 준다.

"피자라는 거야."

앨리스의 반응을 보아선 아마도 차원관리자는 인간의 음식을 처음 접하는 모양으로 추측된다.

그야 당연한 말이겠지만 말이다.

인간의 육체를 구성하고 나서 인간 사회에 투명화 프로그램 없이 모습을 드러낸 그녀들이지 않는가.

뭐든지 첫 경험은 인상적인 경험을 선사하기에 충분하다.

한편, 다이나는 치킨에 매우 많은 흥미를 보인다.

"음, 이런 식으로 닭이라는 생물을 튀기면 치킨이라는 음식이 탄생하는군. 처음 알았어."

"고작 음식거리 따위에게 그리 심도 있는 연구 태도를 보이지 마. 괜히 소화 불량에 걸릴지도 모르니까."

"이도훈 너는 음식이라는 점에 대해 너무 과소평가하는 것 같은데, 신기하지 않아? 영양분 섭취라는 활동을 통해서 체내의 에너지를 생성시킨다는 이 원리가."

"그러니까 고작 먹는다는 행위에 그리 심각한 의미를 부여하지 말라니까. 트위들디 넌 또 뭐하냐?"

다이나와 다르게 뭔가를 이리저리 찾고 있는 트위들디가 선글라스를 고쳐 쓰며 말한다.

"없어."

"뭐가?"

"와인하고 파스타."

"넌 고작 음식점에서 시킨 수준의 음식에서 와인과 파스타를 바라는 거냐?"

"TV에서는 다들 그렇게 먹던데?"

"그건 상위 1%의 주된 음식이고, 와인을 누가 물마시듯 마시겠냐. 그 비싼 걸."

"쳇. 가난뱅이 천민."

"면회까지 와서 당사자인 나에게 상처 주는 발언을 아무렇지도 않게 내뱉지 마라. 확 돌려보내 버릴까 보다."

음식은 여전히 수북이 쌓여 있다.

트위들디의 과도한 음식 주문에 의해 아직도 많이 남아 있는 음식을 바라보던 도훈은 어쩔 수 없다는 듯이 자리에서 일어선다.

"잠깐 기다리고 있어라."

"빨리 와야 돼?"

앨리스가 자신의 입술에 손을 갖다 대며 공중으로 키스 마크를 보낸다.

어색하게 웃음 지으며 교관에게 다가간 도훈이 잠시 양해를 구해볼까 하다가 근처에서 행보관을 발견하고 다가간다.

"행보관님!"

"오, 말년 신병, 무슨 일이냐?"

"다름이 아니고, 부탁드릴 것이 있습니다만."

행보관은 말년병장의 적이다.

하지만 병사들의 마음을 가장 잘 이해하고 가장 잘 보듬어주는 존재 또한 행보관이다.

그래서 말년병장은 행보관을 거역할 수 없다.

인간미가 넘치는 모습을 하고 있는 게 바로 행보관이기 때문이다.

그리고 행보관 정도의 직위를 가지고 있으면 웬만하면 대대 내에서는 그 영향력을 무시할 수 없다. 왜냐하면 짬밥이되기 때문이다.

"멍청한 트위들다가… 가 아니고, 면회 온 여동생의 친구가 아직 세상물정을 잘 몰라서 음식을 무진장 많이 주문했는데 다 못 먹고 남길 거 같아서 면회도 못하고 생활관에 있는동기들에게 좀 먹이려고 합니다만……."

"흐음, 그래?

잠시 고민하던 행보관이 이내 고개를 끄덕이며 답변한다.

"생활관 내에 가져가는 건 불가능하지만, 훈련병들 보고면회실로 내려오라고 하는 건 가능하지. 내가 말해둘 테니 알아서 불러."

"알겠습니다!'

"거기 조교, 잠깐 이리로 와보게."

행보관이 호출한 것은 다름이 아닌 우매한 조교다.

쉬는 날임에도 불구하고 여전히 조교 역할을 자처하고 있던 우매한이 행보관으로부터 도훈의 의사를 전달받고 고개를 끄덕인다.

"그렇다면 7조 인원들이 좋을 것 같습니다. 7조 인원 중 대다수는 면회객도 없고 123번 훈련병과 같은 조에 속해 있으니 딱 적당할 듯합니다."

"흠. 그럼 우매한 네가 막사로 올라가서 7조 녀석들 데리고 와라."

"알겠습니다, 행보관님."

"그리고 너도 좀 먹고."

"…예."

2생활관 담당인 우매한에게도 같이 먹을 것을 제안한 행보관이지만 사실 이미 도훈이 행보관에게 제안한 내용이다.

평소 고생하는 우리 조교에게도 맛난 걸 대접하고 싶다고 말이다.

거의 표정 변화가 없는 우매한을 보고 도훈은 작게나마 한숨을 내쉰다.

'돌덩이 같은 녀석이구만. 기쁘면 솔직하게 기뻐하라고.'

우매한은 혹시 로봇이 아닐까 하는 생각까지 들 정도로 감정 변화가 드문 녀석이다.

훈련소 5주차에 접어든 도훈으로서는 어떻게 해서든 우매한의 빈틈을 찾아내고 싶었다.

'···옳거니.'

뭔가 묘안이 떠오른 도훈이 여전히 와인과 파스타를 찾고 있는 트위들디에게 향한다.

"그만 좀 징징거리고 내 말 좀 들어봐."

"뭐야, 땀 냄새 나는 짜증나는 군인?"

"내가 하는 대로 행동해 주면 나중에 니가 먹고 싶어 하는 음식 다 사줄게."

"···정말?"

"그래, 약속."

"흐음."

뭔가 불안한 기분이 드는 트위들디였지만 그래도 어쩔 수 없다는 듯이 도훈과 새끼손가락을 걸고 약속한다.

그와 동시에 앨리스의 질투가 폭발했다는 건 굳이 언급할 필요도 없다.

이윽고 얼마 지나지 않은 시각.

7조 훈련병들이 내려오자마자 돗자리에 자리를 잡고 앉아서 피자와 치킨, 그리고 각양각색의 음식을 빠르게 섭취한다.

하지만 음식보다도 더 중요한 것은 끝내주게 예쁜 미인이 자그마치 세 명이나 있다는 것이다.

"…쳇, 나와 도훈의 오붓한 시간이……."

투덜거리며 피자 조각만 열세 개째 먹어치우는 중인 앨리스가 불평불만을 늘어놓는다.

다이나는 여전히 치킨에 대해 연구하는 중이며, 트위들디는 뭔가를 골똘히 생각 중이다.

남자들 다수가 왔음에도 불구하고 제각각 자신이 할 일에만 열중해 있는 미녀 3인방이지만, 같이 동석해 주는 것만으로도 이미 훈련병들에게는 축복이나 다름없었다.

"여, 역시… 꽃밭에 있으니까 음식 맛도 훨씬 좋구만."

도훈의 옆에 있는 훈련병 중 하나가 작은 목소리로 속삭이며 도훈에게 고마움을 표현한다.

"그런데 우리 조교는?"

"곧 올 거야. 뒷정리 좀 하고 온다고 하더라."

"그렇단 말이지."

잠시 자리에서 일어나 트위들디 곁으로 간 도훈.

"내가 한 말 명심해. 알았지?"

"날 뭐로 보는 거야? 이래 봬도 차원관리국에서는 여배우라 불리고 있다고."

근거 없는 자신감으로 자신의 가슴을 오른손으로 가볍게 쳐 보인다.

그럴 때마다 커다란 트위들디의 가슴이 크게 흔들리고, 훈련병들의 시선이 절로 트위들디의 가슴으로 향한다.

볼륨감 넘치는 가슴의 움직임에 따라 훈련병들의 가슴도 이리저리 왔다 갔다 한다.

아마도 오늘 화장실은 밤꽃 냄새로 붐비지 않을까 하는 생각마저 든다.

색기라면 앨리스와 다이나보다 트위들디가 월등하다.

앨리스는 애교와 귀여움, 다이나는 도도함, 그리고 트위들디는 섹시함(과 된장녀)이 콘셉트인 여자니까 말이다.

뭔가 작전을 주고받는 도훈의 귓가에 전투화 발걸음 소리가 들려온다.

반사적으로 고개를 돌려 확인하자, 그곳에는 휴일임에도 불구하고 여전히 각 잡힌 모습을 선보이는 우매한이 서 있다.

"어이쿠, 조교님! 이쪽으로 오시기 바랍니다!"

도훈이 즉각 자리를 마련하고 우매한을 이끈다.

도훈이 우매한을 데리고 간 곳은 다름이 아닌 트위들디 바로 옆자리.

"123번 훈련병, 꼭 이 자리가 아니더라도 괜찮습니다. 어차피 본 조교는 짧게 있다 갈 생각이니……."

"어허! 그러지 마시고 음식 좀 맛보시길 바랍니다. 맛있습니다, 조교님."

"……."

억지로 음식을 권유하는 도훈의 행동에 알 수 없는 불안감을 느끼기 시작한 우매한.

다른 훈련병이라면 몰라도 123번 훈련병은 특히나 경계 대상 1호다.

분명 신병임에도 불구하고 타의 추종을 불허하는 군대에 관한 지식과 노련함이 있다.

도훈에 관한 유명세는 이미 조교들 사이에서도 널리 퍼져 있는 상태이다.

무엇보다도 총기 결합에서 자신을 꺾은 훈련병이지 않는가.

그런 도훈이 분명 무슨 음모를 마련하고 이 자리를 마련했을 것이라 생각한 우매한이지만, 그 음모는 오래 지나지 않아 금세 발동되었다.

"어머나! 안녕하세요, 조교님."

트위들디가 가식적인 웃음을 선보이며 우매한에게 인사한다.

고개를 숙임과 동시에 대놓고 보이는 풍만한 가슴골.

이미 훈련병들 중에서는 코피를 흘리는 훈련병도 발생했다.

파괴력 넘치는 트위들디의 색기 공격!

'아차!'

우매한의 눈에 보이고 말았다.

트위들디 뒤에서 음흉한 미소를 짓고 있는 도훈의 미소가.

'이걸 노리고 있었군, 123번 훈련병!'

뒤늦게 알아차린 우매한이지만, 도훈의 책략은 이미 시작되었다.

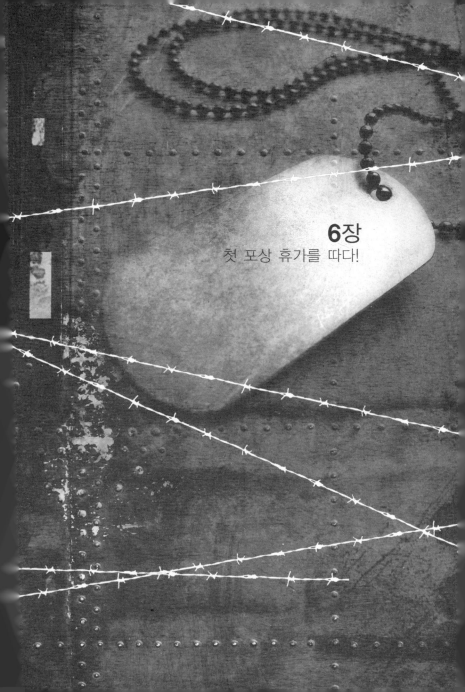

# 6장
## 첫 포상 휴가를 따다!

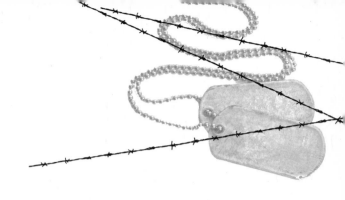

    우매한은 지금껏 살아오면서 연애라는 것을 해본 적이 없
는 남자다.

    그리고 앞으로도 자신이 여자와 엮일 것이라고는 생각하
지 않았다.

    그렇다고 우매한이 성적 소수자라는 의미는 아니다.

    어릴 때부터 집안이 가난한 탓에 일찍 취업 전선에 뛰어들
어야 했기 때문이다.

    미성년자의 신분에서도 돈이 될 수 있는 거라면 뭐든 했다.

    성실히, 그리고 착실히 돈을 벌어 집안에 보탬이 되었다.

동생들은 적어도 우매한 본인과 같은 길을 걷게 하고 싶지 않아 대학 정도는 보내야겠다는 마음으로 열심히 돈을 벌었다.

어머니와 아버지도 우매한에게 미안한 감정을 가지고 있다.

가난한 집안에서 태어난 탓에 원치도 않는 공장에 다니며 돈을 벌어야 했고, 더욱이 큰아들인데 너무 많은 무게의 짐을 지게 한 것 같아서 안타까운 마음뿐이다.

하지만 우매한은 오히려 큰아들이라는, 그리고 자신이 집안에 보탬이 되어야 한다는 일에 대해 한 번도 불평불만을 가진 적이 없다.

왜냐하면 그에게 있어서는 가족의 웃음보다 더 소중한 보상이 없기 때문이다.

오로지 일에만 치여 살아온 우매한.

입대를 한 순간에도 우매한의 머릿속에는 군인으로서의 신분에 맞는 행동과 절차가 인식되어 있었다.

오죽하면 직업군인까지 생각하고 있을까.

우매한은 이 직업이 자신에게 있어서 평생직장이 될 수도 있다는 생각으로 군 생활에 임하고 있다.

조만간 하사관에도 지원할 생각이다.

이런 인생을 살아왔기 때문에 여자라는 존재를 가까이 접한 적이 없는 것이다.

그런데,

"아, 여기 뭐가 묻었네요."

"......!!"

핑크색 손수건으로 우매한의 가슴 부근에 묻어 있던 작은 털실 뭉치를 트위들디가 직접 떼어준다.

몸을 움직일 때마다 풍겨오는 향긋한 향기가 우매한의 코 끝에 아련히 맺히기 시작한다.

여자.

우매한과는 전혀 상관없을 것만 같던 미지의 존재.

하지만 이 존재의 달콤한 매력에 한번 빠져들고 나면 헤어 나올 수 없는 지경이 된다.

게다가 상대는 수준급 이상의 몸매와 외모를 자랑하는 트위들디다.

물론 성격이 좀 이상하긴 하지만, 일단 외형을 놓고 보자면 아마도 세계적으로 손에 꼽힐 만한 미인이다.

차원관리자들은 육체를 재구성할 때 죄다 미인을 본떴다고 했으니까 말이다.

의도적이었을까.

트위들디가 살짝 무릎을 굽히고 우매한의 가슴에 손을 뻗자 유독 짧은 치마가 한없이 올라가며 탐스러운 하얀 허벅지를 노출시킨다.

'오오옷!'

훈련병들이 속으로 제각각 탄성을 자아내며 트위들디의 아슬아슬한 자태를 관람한다.

물론 우매한 역시도 트위들디의 아찔한 모습이 눈에 들어왔다.

무엇보다도 가장 가까이 자리 잡고 있는 게 바로 우매한이니까 말이다.

한편, 우매한이 당황해할수록 뒤에서 배를 부여잡고 터져나오는 웃음을 참느라 애쓰는 중인 인물.

'크크큭. 그래, 그래, 우매한. 너한테 악감정이 있는 건 아니지만, 그래도 훈련소 퇴소하기 전에 너의 그 당황해하는 얼굴을 한 번이라도 보고 가야 속이 풀릴 거 같아서 말이야.'

이도훈이 생각한 작전은 바로 여인의 색기로 우매한을 당황하게 만드는 것.

훈련소 내에 있는 그 누가 상상이나 했을까.

천하의 우매한이 여인의 색기에 홀린다는 것을.

사나이 중의 사나이, 군인 중의 군인이라 불리며 조만간 부사관에도 지원할 생각인 우매한에게 생각지도 못한 위기가 찾아왔다.

'속았구나!'

뒤늦게 통탄해 보는 우매한이지만 그럴수록 트위들디는 가식적인 미소로 점점 우매한에게 어필해 온다.

"어머나, 여기에도 또 털실이……."

트위들디의 가녀린 손가락이 이번에는 우매한의 허벅지 위를 살짝 찌른다.

그러자 우매한이 조교모를 더더욱 깊게 눌러쓰며 한탄한다.

'그 망할 놈의 털실은 어디서 자꾸 나오는 거냐!'

하지만 우매한의 이런 속사정을 알 리가 없는 트위들디는 여전히 승리의 미소를 지으며 끈적끈적하게 손을 놀린다.

자신의 에로틱함으로 남자를 홀리는 것.

한국 드라마에서 등장하는 악역 역할 담당 여성 캐릭터가 전형적으로 하는 일이다.

매번 TV와 살다시피 하는 트위들디였기에 남자를 유혹하는 방법은 아주 잘 알고 있다.

그렇다고 실전 경험을 토대로 얻은 지식이 아닌, 오로지 2차원의 세계를 토대로 얻은 지식이기에 어설픈 면이 다분히 보이긴 하지만, 그 부족한 점은 전부 트위들디의 완벽한 외형이 커버해 주고 있다.

손가락 하나만으로도 이미 우매한의 하반신에는 엄청난 반응이 오고 있다.

낯선 여자가, 그것도 끝내주는 미인이 손가락으로 자신의 허벅지를 쿡쿡 찌르는데 어찌 반응을 안 할 수가 있을까.

"시, 실례하겠습니다!"

결국 참지 못한 우매한이 황급히 자리에서 일어서더니 후 다닥 발걸음을 재촉한다.

그러자 결국 크게 웃음을 터뜨리기 시작한 도훈이 돗자리 에 대(大) 자로 뻗어 박장대소한다.

"하하하하하!! 보았느냐, 일병 찌끄러기 녀석아!! 이게 바 로 나 이도훈님의 계략이다!"

결국 훈련소 퇴소를 눈앞에 두고 우매한 한 방 먹이기에 성 공한 도훈이 승리의 미소를 짓는다.

*　　　*　　　*

면회 시간이 다 끝나고 생활관으로 돌아온 훈련병들.

일요일 저녁, 점호가 시작되기 직전에 도훈에게 한 방 먹었 던 우매한이 평소와 같은 모습으로 되돌아와 다음 주 남은 일 정을 읊는다.

정신교육, 그리고 또 정신교육. 남아 있는 훈련이라고 해봤 자 정신교육밖에 없는 훈련소 마지막 주 차에 유독 귓가를 자 극하는 한 단어가 들어온다.

"…그리고 천둥인의 밤 행사가 있습니다."

"……?"

훈련병들이 난생처음 들어보는 단어에 고개를 갸우뚱하자, 우매한은 이 반응을 예상하고 있었다는 듯 곧장 설명에 임한다.

"천둥인의 밤이란 우리 훈련소에서 대대로 전해져 내려오는 행사이기도 합니다. 마지막 주 차에 접어든 훈련병들에게 그동안의 노고를 위로할 겸, 그리고 동기들과의 마지막 추억을 만들 겸 해서 마련한 자리입니다. 훈련병들 중에서 원하는 사람은 장기자랑에 나가 자신의 장기를 유감없이 발휘하는 그런 행사가 되겠습니다. 물론 장기자랑에서 우승하는 훈련병에게는 모종의 상품이 증정됩니다."

"상품이라 한다면……."

"특별 포상 휴가입니다."

"포, 포상 휴가!!"

훈련병에게 찾아온 포상 휴가의 기회!

말로만 듣던 포상 휴가 단어가 튀어나오자 훈련병들의 눈빛이 더욱 빛나기 시작한다.

"천둥인의 밤에서 우승한 장기자랑 한 팀에게만 주는 것이며, 받은 포상 휴가는 자대에 가서 쓸 수 있도록 이미 협의가 되어 있습니다. 이게 다 훈련병들의 사기 증진을 위한 행사와

도 같은 것이니 서로 선의의 경쟁과 동시에 합심을 이뤄내 포
상 휴가를 딸 수 있도록 합니다. 알겠습니까?"

"예, 알겠습니다!"

"그리고 123번 훈련병."

"123번 훈련병 이도훈!"

"…조교가 참으로 기대가 많습니다."

눈을 부라리며 도훈을 노골적으로 째려보기 시작한 우매
한이 목소리에 힘을 담아 말한다.

아마도 아까 면회 때 있었던 도훈의 책략에 대한 원한이 담
겨 있으리라.

하지만 도훈은 능글맞은 시선을 보내며 힘차게 외친다.

"감사합니다, 조교님!"

"…점호 준비합니다. 점호 10분 전."

"점호 10분 전!"

우매한이 생활관 밖으로 나가자 훈련병들 사이에서 큰 혼
란이 일어난다.

천둥인의 밤에 나갈 용자가 누구인가?

그리고 누가 그 용자들 사이에서 포상 휴가를 쟁취할 수 있
는 선택받은 1인이 될 수 있을 것인가?

"이럴 줄 알았으면 장기자랑 연습 좀 해둘걸."

급격히 후회막심 모드로 돌아선 훈련병들이 제각각 절망

어린 표정으로 말한다.

하지만 아직 포기하기엔 이르다.

우매한이 말한 것은 팀 단위다.

즉, 수준급 이상의 장기가 있는 녀석과 같은 팀이 되는 것만으로도 포상 휴가의 기회를 얻을 수 있다는 말이다.

특출 난 장기 실력을 지니고 있는 훈련병을 찾아내야 한다.

훈련병들의 눈빛이 더욱 빛나기 시작한다.

"흥! 어리석은 것들."

하지만 도훈은 이들과 달리 한층 여유로운 표정을 짓고 있다.

이미 도훈의 2년 동안의 기억에는 천둥인의 밤이라는 행사도, 그리고 어떠한 인물이 장기자랑에서 우승할 것인지에 대한 정보도 벌써부터 뇌리에 각인되어 있기 때문이다.

'백날 그렇게 찾아봐라. 이미 우승자는 결정되어 있으니까."

아무리 이 차원의 미래가 도훈이 있던 본래의 차원과 다르게 흘러간다 할지라도 그때 그 당시 천둥인의 밤에 선보였던 XXX의 장기자랑은 실로 어마어마했다.

아무리 잊으려 해도 잊을 수 없는 XXX의 장기자랑 능력.

설마 아무것도 내세울 게 없는 녀석에게 그런 무시무시한 능력이 있을 줄은 도훈도 천둥인의 밤이 되고 나서야 깨달았다.

여유로운 맘으로 점호에 임하는 도훈.

당직사관이 들어서며 일일이 훈련병들의 건강 상태를 체크한다.

"야간 행군 끝나니까 다들 아주 살판이 났구만."

중사 계급장을 달고 있는 당직사관이 헛웃음을 지으며 훈련병들을 쭉 훑어본다.

그러자 훈련병들이 배시시 웃으며 '아닙니다!'를 열창한다.

"뭐, 그건 됐고. 우매한."

"일병 우매한."

"너, 점호 전에 훈련병들한테 그거 설명 잘해줬지?"

"예. 물론 했습니다."

"그래, 그래. 천둥인의 밤, 기대하고 있겠다. 이번에는 특별히 대대장님도 오셔서 관람한다고 하니까 말이다. 알겠지?"

장기자랑 행사에 대대장이 오신다!

순간적으로 자신들만의 축제가 졸지에 '간부 대접 행사'로 거듭나 버린 천둥인의 밤의 변모한 모습에 훈련병들의 안색이 순식간에 파래진다.

그러자 중사가 피식 웃으면서 말하기를,

"니들이 그런 표정 지을 줄 알았다. 그래도 열심히 해라.

뭐… 대대장님 앞에서 꼴사나운 모습은 보이지 말고. 그렇다고 너무 웃겨 드리려고 노력하지도 마. 우리 대대장님은 생각보다 취미가 고상하시거든."

게다가 웃음 포인트마저 완전 구시대 사람이라고 하니 훈련병들이 머릿속은 점점 더 복잡해질 뿐이다.

과연 이 상황에서 도대체 어떻게 천둥인의 밤을 즐기라고 하는 것인가.

분명 훈련병들끼리 마음껏 웃고 떠들고 하는 그런 행사 아니었나?

하지만 대대장의 참석이라는 변수로 인해 순식간에 찬물을 끼얹은 듯 조용해진 생활관 내부에 중사가 머리를 긁적인다.

"그래도 니들이 마음에 들어서 대대장님께서 친히 관람하시겠다는 거 아니겠냐. 대대장님은 이번 기수를 높게 평가하고 있다고. 그러니까 애정과 관심을 가지고 니들 행사에도 직접 참가해서 같이 어울리겠다는 뜻이잖아. 알겠냐?"

"예, 알겠습니다!"

"그러니까 불편하더라도 마음껏 즐겨라. 어차피 훈련소 마지막 추억이잖아. 즐기지 못하는 녀석은 오히려 인생을 낭비하는 것이라고."

중사가 왠지 와 닿을 것만 같은 말을 남기며 생활관 밖으로 발걸음을 옮긴다.

그렇게 해서 점호는 끝이 나게 되고, 모두 취침할 준비를 하는 와중에 도훈은 승리의 웃음을 지어내며 가볍게 몸을 푼다.

"역시 대대장의 참석도 일치하는군."

"뭐가?"

의구심을 가득 품은 철수의 질문에 도훈이 아무것도 아니라는 듯이 대답한다.

"별거 아니야. 이번 장기자랑 우승은 내가 차지할 거라는 뜻이야."

"뭐, 뭐라고?!"

화들짝 놀란 훈련병들의 시선이 도훈에게 꽂힌다.

"그래, 멍청한 녀석들아. 이번 장기자랑에서 우승할 재목을 난 알고 있거든."

"우리 생활관에 그렇게 특출 난 녀석이 있었나?"

맞은편 훈련병이 기억을 더듬어보지만 그런 훈련병은 없다.

하지만 도훈은 손으로 장기자랑에서 우승할 XXX의 어깨에 손을 얹으며 이렇게 말한다.

"나와 팀을 꾸리자꾸나, 김철수."

"나하고?"

지목당한 철수가 도리어 도훈의 결정을 이해할 수 없다는 듯이 되묻는다.

그도 그럴 것이, 철수는 본인이 생각해도 개성 넘치는 캐릭터도 아닐뿐더러 유머 감각이 좋거나 아니면 특출 난 배경을 가지고 있지도 않다.

딱히 잘 다루는 악기도 없고, 노래를 잘 부르는 것도 아닌데 왜 하필 그 많고 많은 훈련병 중에서 본인을 골랐는지 이해할 수 없다는 눈빛이다.

그러나 도훈은 고개를 절레절레 흔들며 철수의 물음에 답한다.

"알려고 하지 마. 너의 숨겨진 재능은 본 무대에서 선보여야 빛을 보게 되는 법이니까."

"글쎄, 난 장기 같은 거 없다니까."

"어허. 나 이도훈님 한번 믿고 같이 가보자. 포상 휴가는 우리 차지니까."

"…믿어도 되려나."

철수 본인도 확신할 수 없는 자신감이 도훈에게서는 마구 뿜어져 나온다.

아무리 도훈이 동기들 사이에서도 군대 척척박사라고 불리지만, 군생활의 노하우와 센스가 장기자랑 무대에서까지 빛나지는 않을 것이다.

장기자랑은 오로지 유머 감각, 그리고 예술성.

이 두 가지 요소가 크게 반영되겠지만, 군대의 장기자랑은 도훈에게 있어서 일종의 사소한 군 생활에 지나지 않다.

장기자랑 대회를 통한 포상 휴가 획득 경력만 세 번.

하지만 그렇다고 도훈이 직접 장기자랑에 나서서 우승을 하겠다는 생각은 하지 않는다.

왜냐하면 훈련소에서 준비할 수 있는 것에는 한계가 명확히 있기 때문이다.

그리고 군인으로서 공감할 수 있는 상황과 대사가 웃음 포인트이다.

아직 군대에 대한 명확한 개념이 제대로 서 있지 않은 초짜 신병들을 대상으로 무슨 군대 유머를 하겠는가.

그런고로 도훈이 천둥인의 밤에서 활약할 가능성은 거의 제로에 가깝다.

즉, 이번 장기자랑은 김철수의 힘으로 우승하겠다는 강력한 의지의 표현이기도 하다.

가끔 도훈은 다른 사람들이 생각하지 못하는 기가 막힌 발상으로 어려운 장애물을 극복하는 기질을 선보이곤 했다.

하지만 도통 훈련병들의 시선에서 보자면 이번 도훈의 선택은 전혀 감도 잡히지 않는다.

그러니 그 속사정을 아는 것은 2년간의 기억이 있는 이도훈밖에 없었다.

그리고 다음 날 아침.

훈련소에서 보내는 마지막 주말을 끝마치고 남은 3일 동안 이들이 거쳐야 할 것은 이틀간의 정신교육, 자대 배치, 그리고 훈련소 퇴소식과 더불어 퇴소식 전날 저녁에 치르게 될 천 등인의 밤 행사밖에 남아 있지 않았다.

별다른 훈련이 없기에 멀쩡한 정신으로 가볍게 정신교육을 소화해 낸 훈련병들.

훈련소를 퇴소한다는 아쉬움 때문일까.

이들의 마음속에는 알 수 없는 감정이 싹트고 있었다.

"이제 3일 뒤면 이곳도 영영 안녕이라는 뜻이잖아."

점심식사를 하면서 식당 내부를 둘러보며 하는 철수의 말에 도훈이 무심코 대답한다.

"그러네."

"넌 감흥도 없냐. 뭔가… 추억이라든지, 아쉬움이라든지 그런 거."

"훈련소 생활만 두 번 해봐라. 지겨워 죽겠다."

사실 분대장 교육 때도 도훈은 이 훈련소에 와서 분대장 교육을 받았다.

그런고로 정확히 말하자면 이번 훈련소가 세 번째이다.

하지만 이 사실을 알 리 없는 철수는 도훈에게 거짓말하지 말라며 핀잔을 늘어놓는다.

"이제 막 입대한 녀석이 무슨 훈련소 생활만 두 번이야. 뺑 도 정도껏 쳐라."

"니가 내 마음을 어찌 알겠냐. 에휴."

한숨을 쉬며 부식으로 나온 콘 아이스크림을 크게 베어 문다.

어차피 철수가 자신을 이해하리라고는 생각하지 않았다. 그냥 하소연할 곳이 없어서 그랬을 뿐.

어쨌든 중요한 건 이게 아니다.

곧 있을 천둥인의 밤 장기자랑을 위해 피나는 연습을 해야 하는 상황.

별도로 연습 시간은 따로 주어지지 않는다.

오로지 개인의 재량에 따라 각자 시간을 내서 연습해야 한다.

식사를 마치고 점호 전까지 모두가 각자 팀을 짜서 연습을 시작한다.

하지만 도훈은 여유롭게 책을 읽으면서 연습하는 이들의 모습을 멀찌감치 지켜볼 뿐이다.

어차피 저들이 연습을 해봤자 도훈의 우승을 막을 수는 없을 테니까 말이다.

반면, 오히려 조바심이 난 쪽은 다름이 아닌 철수였다.

"야, 우리 연습 안 해도 되냐?"

"어. 걱정하지 마. 어차피 우리가 우승이니까."

"도대체 무슨 깡으로 그런 말을 하는 거냐."

"너, XX 할 줄 알지?"

도훈의 말에 순간 철수가 놀란 표정을 지어 보인다.

마치 아무한테도 말한 적이 없는데 그 사실을 어떻게 알았냐는 것 같은 모습이라고나 할까.

"내가 너한테 나 그거 잘한다고 말한 적 있나?"

"아니. 없어."

"그런데 어떻게 알았어?!"

"그냥 감이다."

"…뭐, 잘한다고는 듣긴 했는데, 그렇다고 고작 그거로 우승할 수 있을까? 너무 유행에 뒤처졌다고 생각하는데."

"나만 믿으라고 했잖아. 넌 그저 무대에 올라가서 그거만 하면 돼. 나머지는 내가 잘 포섭해 둘 테니까."

"흐음."

침음을 흘리며 여전히 모르겠다는 듯이 고개를 끄덕인다.

과연 그것만으로 천둥인의 밤에서 우승할 수 있을까.

전혀 모르겠다는 시선으로 바라보던 철수지만, 그래도 도훈을 믿고 따르기로 한다.

훈련소 퇴소 바로 전날.

천둥인의 밤 행사가 있는 당일이기도 하며, 자대 배치를 받는 전날이기도 하다.

오늘은 하루 종일 훈련병들에게 자유 시간을 보장한 탓에 이들은 장기자랑 연습에 몰두할 수 있었다.

대대장이 참가하는 탓에 더더욱 천둥인의 밤 퀄리티를 높여야 한다는 중대장들의 단호한 결정에 의한 결과이기도 하다.

결과가 어찌 되었든 그래도 달콤한 휴식 시간을 갖게 된 훈련병들은 기쁜 마음으로 휴식을 취하는 한편, 참가하는 인원들은 열심히 연습에 몰두하느라 정신이 없다.

그리고 저녁 시간이 찾아오게 되는데,

"아아, 마이크 테스트."

조교 중에서 말솜씨가 좋아 보이는 사병 한 명이 마이크를 들고 무대의 시작을 알린다.

"지금부터 천둥인의 밤을 시작하겠습니다!"

"와아아아아!!"

우레와 같은 훈련병들의 함성 소리가 강당 안을 가득 채운다.

천둥인의 밤.

훈련병들이 겪어온 모든 고생과 스트레스를 한 번에 해소시킬 수 있을 만한 대대적인 행사로, 초대 가수나 유명한 걸 그룹이 출연하는 일은 없지만 훈련병들끼리 웃고 떠들며 분위기를 한껏 업시킬 수 있다는 데 의의를 두고 있는 행사이다.

게다가 장기자랑에는 포상 휴가까지 달려 있다.

웃고 떠들 수도 있고 더불어 포상 휴가까지 챙길 수 있다면 말 그대로 일석이조, 꿩 먹고 알 먹는 격이다.

포상 휴가를 위한 집념을 온몸으로 표현하듯 차력에 마술 쇼, 노래 열창까지 각양각색의 장기자랑을 준비한 훈련병들이 무대 뒤편에서 대기 중이다.

강력한 우승 후보가 몇몇 보이는 와중에 철수와 도훈도 각자 몸을 풀면서 자신들의 순번을 확인한다.

팀명, 꼬장의 신과 평범남.

대기 순번은 7번.

"행운의 7번이네. 왠지 출발이 좋은걸."

철수가 싱긋 웃으며 말하자 도훈이 별거 아니라는 듯이 답한다.

"고작 번호 하나에 연연해하지 마라. 우리는 포상 휴가를 노리는 강력한 우승 후보 팀이라고."

"그런데 팀명이 왜 그러냐. 설마 내가 평범남이고 니가 꼬장의 신이라는 거야?"

"그야 당연하지."

"…같은 팀원의 별명을 마음대로 붙여도 되는 거냐."

"그러면 개성이라도 있던가. 하다못해 이름이라도 좀 뇌리에 기억될 만큼 독특한 이름을 부여 받았어야지. 제대로 기억도 안 되잖아."

"니 이름도 평범하지 않냐?"

"그래서 난 꼬장의 신이라 썼지."

"……."

도훈의 언행은 철수의 시점에서 보면 언제나 이해가 안 되는 것투성이다.

분명 자신과 같이 입대한 신병인데, 말하는 투로 보나 행동으로 보나 딱 말년병장의 포스를 풍겨낸다.

그야 당연한 말일지도 모르지만, 도훈의 정체를 알지 못하는 철수의 입장에서는 그게 매우 신기하게 느껴질 수밖에 없다.

어쨌든 사회자의 진행에 따라 출격한 첫 번째 팀.

"충성! 저희는 팀 여엉차! 입니다!"

짝짝짝!

박수 소리와 함께 첫 번째 팀을 맞이하는 관객들.

한눈에 봐도 차력 쇼를 준비했다는 티가 팍팍 나는 그런 복장들이다.

팀원은 다섯 명.

그중 두 명이 각목을 맞고 개그 코드를 약간 첨부해서 아픈 척을 하는 그런 쇼를 곁들인다.

중간중간 웃기는 요소들이 나오긴 했지만 대대장의 입꼬리는 올라가지 않았다.

"역시!"

무대 위를 슬며시 바라보던 도훈이 철수를 부르며 말한다.

"야, 평범남, 이 장기자랑의 포인트가 뭔지 아냐?"

"…뭔데?"

"바로 대대장의 존재야."

"그게 왜?"

"잘 들어둬라. 1등에게는 포상 휴가가 주어진다고 했지? 보통 1등이라고 한다면 누가 될 거 같냐?"

"그야… 관객의 박수를 가장 많이 이끌어낸 팀이 1등하지 않겠어?"

"일반적인 사회에서 펼쳐지는 이벤트라면 당연히 그러겠지. 하지만 군대에서의 장기자랑이라면 관객은 단 한 명밖에 존재하지 않아. 바로 직급이 제일 높은 사람!"

"……??"

도훈의 말을 제대로 이해하지 못했는지 머리를 긁적이는

철수에게 다시 한 번 새겨들으라는 듯이 또박또박 말해준다.

"군대는 다수의 관객한테 잘 보일 필요가 없어. 포상 휴가를 주는 것은 저 녀석들이 아니니까. 생각해 봐. 포상 휴가를 주는 인물은 직급이 가장 높은 사람이란 말이다."

"그럼… 다른 건 다 필요 없고 무조건 대대장님에게 어필할 수 있는 그런 장기자랑이 우승할 가능성이 크다는 말이야?"

"그야 당연하지. 그래서 내가 널 우승자라 뽑은 거다."

"그렇다면… 어느 정도 납득이 되는걸."

이제야 도훈이 왜 철수보고 우승자라고 매번 세뇌시키듯 말했는지 알아차렸다는 듯 고개를 끄덕인다.

군대 내에서의 장기자랑 공략 대상은 절대 다수의 숫자를 자랑하는 관객이 아니다.

오로지 직급이 높은 상관 한 명뿐.

지금 이 자리에서 펼쳐지는 천둥인의 밤 행사에 적용시켜 본다면 대대장이 틀림없다.

대대장이 포상 휴가를 주는 인물이고, 대대장의 기분에 따라 포상 휴가가 왔다 갔다 한다.

그래서 오로지 대대장에게 어필할 수 있는 장기자랑을 준비하면 되는 것이다.

그것으로 준비 오케이!

"자, 다음 팀 입장하기 바랍니다!"

정신을 차리는 순간, 벌써 다섯 번째 팀이 출격할 준비를 하고 있다.

도훈과 철수의 '꼬장의 신과 평범남' 팀이 나가려면 이제 남은 팀은 단 하나.

"철수야, 니 어깨에 나와 너의 포상 휴가가 달려 있다. 알고 있지?"

"나만 믿으라고!"

어깨를 으쓱해 보이며 강한 자신감을 드러내는 철수.

분명 도훈의 전략은 가장 확실한 수단이기도 했다.

철수의 가장 큰 장점인 '그것'을 사용한다면 대대장에게 어필할 가능성이 충분하니까 말이다.

엊그제 중사가 말했던 대대장의 취향.

그리고 철수의 특기.

이 두 가지 요소가 정확히 떨어지는 순간, 포상 휴가는 이들에게 자비를 내릴 것이리라.

"다음 팀은… 꼬장의 신과 평범남! 입장하기 바랍니다!"

사회자가 도훈과 철수 팀을 호명하자 잔뜩 기합을 넣으며 파이팅을 외친다.

"좋아, 가볼까!"

"포상 휴가는 우리 거다!"

철수도 자신감을 얻었는지 한껏 목청을 높이며 천천히 무대 위로 올라간다.

두 사람이 무대 위로 모습을 드러내자 사회자가 도훈에게 마이크를 건넨다.

잠시 목청을 가다듬은 도훈이 천천히 자기소개를 하며 선보일 장기자랑이 무엇인지 드디어 밝힌다.

"아아, 저희가 선보일 장기자랑은……."

모두의 시선이 모아지는 가운데에 철수가 마이크를 잡고 드디어 '그것'을 공개하기 시작한다.

마이크를 든 철수의 모습과 함께 도훈이 노래 번호를 입력한다.

도훈이 입력한 노래는 바로 트로트.

"너 빈자리~ 채워주고 싶어~"

구수한 철수의 목소리와 함께 순식간에 좌중이 침묵에 잠긴다.

20대 초반이 모여 있는 이 행사에 갑자기 웬 트로트?

나이에 맞지 않은 구수한 목소리가 묘하게 둥지라는 노래와 어울리긴 하지만, 좌중은 온통 침묵의 바다를 항해하기 시작한다.

그러나,

"내 인생을~ 전부 주고 싶어~"

도훈은 알고 있다.

철수가 둥지라는 노래를 통해서 포상 휴가를 받았다는 사실을.

왜냐하면 바로 이 노래가 바로 대대장의 애창곡이기 때문이다.

"너는 그냥 가만히 있어~ 다 내가 해줄게~ 현실일까 꿈일까~ 사실일까 아닐까 헷갈리고 서 있지 마~ 우~"

"우-!!"

특히 '우-!' 라고 소리치는 부분에선 대대장이 벌떡 일어나 같이 외친다.

썰렁했던 관객들 사이에 유독 혼자만 열정적으로 호응하는 대대장의 모습에 모두가 어안이 벙벙한 상황.

찬물을 끼얹은 듯한 분위기 속에서 철수가 노래를 마치자 대대장이 일어선 채 연신 앙코르를 외친다.

"자네 이름이 뭔가? 아주 잘 불렀어! 하하! 내 평생 이렇게 노래를 맛깔나게 부르는 녀석을 본 적이 없는데 말이지!"

"배, 백이십사번 훈련병 김철수!"

"다 필요 없어! 자네 팀이 우승이네, 우승!"

대대장의 말은 곧 법이다.

군대는 상관의 명령에 절대 복종.

여태 다른 훈련병들의 장기자랑에서는 미소조차 보이지

않던 대대장이 철수의 트로트를 듣자마자 곧바로 1등 선언해 버렸다.

모두가 황당하다는 표정을 짓고 있을 때, 유일하게 승리의 웃음을 짓고 있는 건 오로지 도훈뿐이다.

"감사합니다, 대대장님!"

거수경례를 하며 대대장에게 감사의 마음을 표현하는 도훈, 그리고 얼떨결에 도훈을 따라 같이 거수경례를 하는 철수.

꼬장의 신과 평범남 팀의 1등이 확실시되는 순간이다.

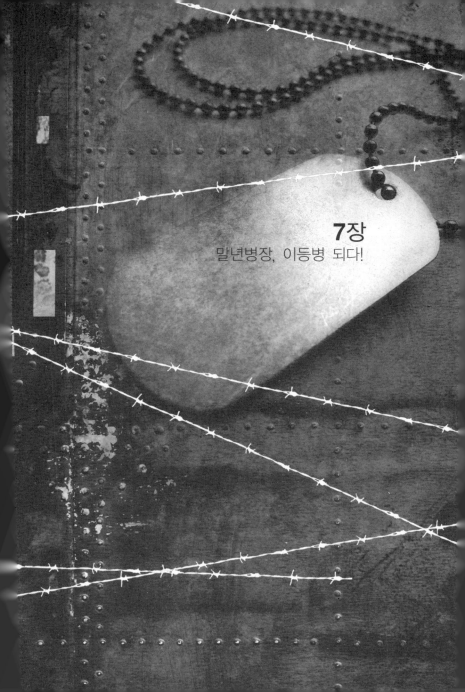

**7장**
말년병장, 이등병 되다!

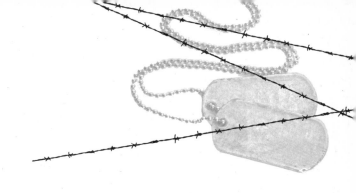

　대대장에게 포상 휴가라는 어마어마한 선물을 받고 나서 장기자랑 코너가 끝난 천둥인의 밤 행사.

　"자, 이제 슬슬 끝을 내야 할 시간입니다만."

　사회자가 대사가 적힌 종이를 바라보며 훈련병들에게 말한다.

　"실은 우리 조교들이 이번 기수들을 위해 준비한 특별 영상이 있습니다."

　우왕좌왕.

　들도 보도 못한 깜짝 선물에 훈련병들이 일시적으로 혼란을 일으킨다.

그 와중에 조교들이 빔 프로젝트를 가동시키며 거대한 현수막에 그간 훈련병들이 훈련을 받아오는 동안 찍은 사진들이 차례차례로 음악과 함께 올라오기 시작한다.

처음 입소하던 날,

아무것도 모르고 우물쭈물하던 신병들의 모습을 시작으로 처음 제식을 배우는 훈련병들의 모습이 뒤이어 등장하는데,

"아……!"

여기저기서 작은 탄성이 나온다.

자신의 모습이 나오는 사진도 있겠지만 그것보다도 더 이들의 마음을 자극하는 것은 따로 있었다.

지난 5주 동안 함께한 추억.

그 추억이 사진을 통해 하나의 영상으로 만들어지고, 내일 훈련소를 떠날 이들에게 마지막 기억으로 자리매김해 주기 위해 천둥인의 밤을 통해 보여 주고 있다.

웃고 울던 그 시간들.

힘들었지만 동시에 누군가가 곁에 있었기에 같이 극복할 수 있었던 훈련들.

그리고 아마 평생 다시 겪지 못할 새로운 체험.

"……."

곳곳에 눈시울이 붉어지는 훈련병들의 모습이 보인다.

남자의 눈물.

아마 군대라는 곳에서 익숙지 않은 훈련과 익숙지 않은 사람들과 함께 지내오며 그간 쌓인 정이라는 게 눈물의 형태로 흐르는 것이 분명했다.

"아, 씨발."

철수가 작게 욕지거리를 내뱉으며 눈시울을 적신다.

사진은 치열했던 각개전투 모습, 야간 숙영 때 폭우라는 자연 현상과 맞서 싸우며 삽 하나만을 들고 배수로를 까야 했던 고단한 시간, 그리고 다리를 다친 동기를 부축하고 또 누군가는 동기를 위해 대신 군장을 짊어지고 이동하는 야간 행군의 모습을 담고 있다.

"후……."

작게 한숨을 내쉬는 도훈도 어느새 먹먹한 심정이 된다.

군대는 말 그대로 욕 나오고 토 나오는 곳이다.

하지만 그렇기에, 그만큼 어려운 상황이기에 모두가 합심해서 극복해야 했고, 고단한 훈련을 겪은 뒤에는 이렇게 추억이라는 새로운 이름으로 자신이 걸어온 길을 장식하게 된다.

훈련소의 생활 또한 마찬가지.

도훈에게 있어서는, 그리고 다른 훈련병들에게도 마찬가지겠지만, 훈련소란 장소는 군 생활의 시작이라는 의미밖에 되지 않는 공간이다.

그 속에서 이들은 군대가 어떠한 곳인지를 배웠다.

다양한 사람을 만났으며, 그들과 친해졌다.

남은 군 생활 동안 함께할 전우들.

그리고 이들을 아낌없는 노력으로 이끌어준 훈련소 조교들, 교관들.

훈련병들이 찍힌 사진이 끝나자 뒤이어 나오는 것은 다름 아닌 조교들의 인터뷰 영상이다.

각 생활관을 책임지던 조교들을 포함해서 지금까지 이번 기수와 함께했던 조교들이 총출동했다.

그중에는 물론 우매한도 포함되어 있다.

"일병 우매한."

인터뷰가 시작되기 전 우매한이 가볍게 자신의 관등성명을 댄다.

고정된 카메라 앞에 앉아서 뭐라 말해야 좋을지 한동안 침묵을 지키던 우매한이 이윽고 천천히 말을 이어간다.

"훈련병들, 본 조교는 감정 표현이 매우 서툽니다. 어릴 때부터 남들과는 다르게 평범하게 즐기며 살아온 인생도 아니고, 집안에 보탬이 되고자 어릴 때부터 돈을 벌어야 했습니다."

처음 알게 된 우매한의 속사정, 그리고 속마음이 영상을 통해 고스란히 드러난다.

"조교로서, 그리고 때로는 훈련병들을 책임지는 가장 가까운 사병으로서 어찌 보면 인간미도 없는 놈으로 보였을지도 모르지만, 그래도 조교는 이번 훈련병들에게 많은 고마움을 느끼고 있습니다. 지금까지 맡았던 그 어떠한 기수보다도 뛰어났으며, 그리고 훌륭했습니다."

우매한 조교의 말에 7조 훈련병들이 결국 뜨거운 눈물을 흘리기 시작한다.

전투모를 푹 눌러쓴 채 깊게 숨을 들이마시던 우매한 조교가 훈련소에서조차 거의 보여주지 않던 웃음을 선보이며 나지막이 말한다.

"부족한 조교를 믿고 따라와 줘서 고마웠습니다. 충성!"

영상 속의 우매한이 거수경례를 하며 인터뷰를 마치자, 벌떡 일어난 김철수가 큰 목소리로 거수경례를 하며 외친다.

"충~서어엉!!"

철수의 볼을 타고 흐르는 눈물.

난데없이 일어나 영상 속의 우매한과 마주 경례하는 철수의 모습에 2생활관 훈련병들이 한 명씩 차례차례로 일어나며 마찬가지로 우렁찬 충성 소리와 함께 거수경례를 한다.

"나 참, 바보들이냐, 네 녀석들은."

어쩔 수 없다는 듯이 한숨을 쉬던 도훈도 은근슬쩍 자리에서 일어선다.

그리고 영상 속의 우매한을 응시하며 천천히 거수경례를 한다.

"충성."

어느새 도훈의 눈가에도 촉촉한 눈물이 자리하고 있다.

서로의 인상은 최악이었지만 그 누구보다도 뛰어난 조교의 모습을 보여준 우매한.

아마도 도훈은 평생 우매한을 잊지 못할 것이다.


천둥인의 밤을 끝으로 다시 돌아온 생활관.

이것으로 훈련소에서 보내는 마지막 밤이 다가왔다.

"하아."

점호를 앞에 두고 2생활관 훈련병들의 마음은 착잡하기에 그지없었다.

이제야 정이 들었다 싶었는데 이별의 순간은 조금의 망설임도 없이 찾아왔다.

서로의 땀 냄새를 맡으며 함께한 훈련소.

5주 동안의 시간이 고스란히 묻혀 있는 관물대.

그 모든 것과 작별해야 할 시간이 다가왔음을 훈련병들은 체감하고 있다.

내일이면 자대 배치와 함께 정말로 안녕이다.

"진짜… 기분이 뭐 이러냐."

철수가 자신의 허벅지를 꼬집으며 말로 표현할 수 없는 감정을 토로한다.

불과 얼마 전까지만 하더라도 쌍욕을 하며 하루라도 빨리 자대 배치를 받고 이 더러운 훈련소를 나갔으면 하는 기분이었는데, 막상 이별의 순간이 다가오니 이로 말로 다 할 수 없는 섭섭함이 묻어 나오는 것이다.

그건 도훈도 마찬가지였다.

특히나 마지막 우매한의 인터뷰 영상에서 설마 자신이 울 줄은 꿈에도 몰랐다.

본래 자신은 이리도 감성적인 남자가 아니건만 어쩌다가 이리 되었을까.

게다가 군 생활만 2년을 더 하는 입장이 아닌가.

앞으로 갈 길도 먼데 벌써부터 이런 감정이 들면 안 된다.

"떠나보낼 땐 남자답게 보내면 되지."

도훈이 철수의 어깨를 몇 번 토닥여 준다.

내일 아침에는 식사를 하고 나서 관물대를 정리하고 짐을 꾸려야 한다.

점심을 먹고 그 이후부터는 자대 배치가 시작될 것이다.

감동적인 이별도 이별이지만 도훈의 입장에서는 절대로 잊지 말아야 할 요소가 있다.

바로 자신이 원래 있던 부대로 배치되느냐 아니냐이다.

'내일이 되어봐야 알겠지.'

차원관리자 3인방 중 한 명을 호출해서 물어보는 방법도 있지만, 현재 상황에서 미래를 안다고 해서 딱히 특별히 대응을 취할 것도 없다.

어차피 결과는 달라지지 않으니까.

부대를 바꿔달라는 건 인과율 수치를 넘어서는 일이다. 이건 굳이 인과율 수치를 측정하지 않아도 도훈의 입장에서는 충분히 예측 가능하다.

결과론적으로 말하자면 모든 건 운에 달려 있다.

'승부는 내일인가?'

감동적인 장면도 잠시, 군 생활의 기억을 추억으로 묻어두기에는 아직 도훈에게 있어서 지내야 할 군 생활이 더 많이 남아 있는 상황이다.

정신을 차리고 점호 준비에 임하려는 찰나,

"훈련병들, 주목합니다. 주목!"

"주목!"

우매한이 생활관으로 들어오며 철수와 도훈을 호명한다.

"123번 훈련병, 그리고 124번 훈련병은 조교를 따라 행정반으로 갑니다."

"예!"

무슨 일인지 모르겠으나 일단 우매한을 따라 행정반으로

향하는 도훈과 철수.

그러자 이들뿐만 아니라 다른 생활관에서도 두세 명의 훈련병이 행정반 앞에서 대기 중이다.

왜 불려나왔는지 하나같이 어리둥절한 표정을 지어 보이던 훈련병 일동에게 모습을 드러낸 것은 다름 아닌 행보관이었다.

"다 모였나?"

"예, 행보관님."

우매한이 대답하자 행보관이 고개를 끄덕이며 훈련병들에게 지시를 내린다.

"지금부터 각 생활관 별로 건빵 한 박스, 그리고 맛스타 한 박스씩 가져간다. 알겠나?"

"예, 알겠습니다."

"가급적이면 점호 시작 전에 먹어치우든가, 아니면 자대로 가져가서 먹든가 둘 중에 하나를 선택해서 알아서 처리해라. 유효 기간이 얼마 안 남은 거니까."

행보관의 지시에 따라 건빵과 맛스타를 생활관으로 가져온 도훈과 철수. 그러자 훈련병들이 작게나마 환호성을 지른다.

"오오! 훈련소에서 마지막으로 맛보는 맛스타와 건빵!"

앞으로 지겹게 맛볼 건빵과 맛스타지만, 아직 이들의 짬밥으로 보자면 벌써부터 질릴 짬밥은 아니다.

앞으로 1년 동안 이것들을 맛봐야 하기 때문이다.

각자 배급을 받던 도중, 훈련병 한 명이 기가 막힌 아이디어가 떠올랐다는 듯이 말한다.

"야, 우리 파티나 할까?"

"고작 건빵과 맛스타로 파티를 하자고?"

철수가 어이가 없다는 시선으로 말해보지만 이윽고 생각을 달리 한다.

어차피 마지막 밤이다.

이들과 한 생활관을 사용하는 것도 이번 기회가 아니면 없을 터인데 기왕이면 추억 하나라도 만들고 가는 게 좋지 않겠는가.

"그래, 찬성이다!"

"이도훈 너는?"

이제는 거의 유명인사가 되다시피 한 이도훈은 바보 녀석들이라며 쓴소리를 하려다가 철수와 마찬가지로 이내 승낙한다.

"좋다. 훈련소 마지막 밤인데 미친 짓 한번 해보는 것도 나쁘진 않겠지."

"역시 이도훈!!"

훈련소의 마지막 밤.

그리고 훈련소에서 보내는 마지막 점호 시간을 담당하게 된 것은 다름이 아닌 행보관이었다.

주말에도 당직을 맡았음에도 불구하고 또다시 당직을 서는 것에 대해서는 그다지 불평불만이 없는지 오히려 싱글벙글 웃음과 함께 점호를 시작한다.

"다들 몸 상태는 어떠냐?"

2생활관에 도달한 행보관의 말에 모두가 하나같이 '괜찮습니다!' 를 외친다.

하기야 괜찮지 않은 게 더 이상할 것이다.

마지막 주차에서는 별다른 훈련도 없을뿐더러 오히려 자대에 가서 고생하기 전에 훈련소 측에서 배려해 나름 쉬게 해줬으니까 말이다.

게다가 도훈과 철수는 장기자랑으로 인해 포상 휴가까지 따놓은 상태다. 기쁘지 않을 수가 없다.

"녀석들, 혈색 하나는 좋아보이는구만. 훈련 때도 그렇게 열심히 하지 그랬냐."

행보관이 어이없다는 듯이 웃으면서 이들을 핍박한다.

하지만 이것도 내일이 지나면 더 이상은 볼 수 없는 광경이다.

훈련소를 퇴소하게 되면 개별적으로 사회에 나가서 연락

을 하지 않는 이상 볼 일이 없다.

물론 타 부대에 간혹 오고 가면서 볼 일이 생길 수는 있겠지만, 그렇지 않고서는 볼 일은 없다는 의미다.

"아무튼 그동안 훈련 받느라 수고했다. 이 행보관도 짧게나마 너희랑 이래저래 정이 많이 들었는데 헤어지려고 하니 조금 아쉽긴 하구나."

병사를 가장 아끼는 간부 계급으로 따지자면 아마도 행보관이 뽑힐 것이다.

그만큼 이들과 가장 가까이 소통하며 사병들의 마음을 가장 잘 이해해 주는 간부이기도 하다.

너무 사병들의 마음을 잘 이해해서 말년병장들의 천적이 되기도 하지만 말이다.

그래도 절대로 미워할 수 없는 것이 바로 행보관이라는 존재다.

사병에게 문제가 발생했을 경우에도 편의를 봐주는 게 행보관이기도 하고, 정이 많은 사람이다.

"내일 퇴소니까 사고치지 말고 그냥 얌전히 자라. 괜히 마지막 날이라고 오늘 나눠준 건빵, 맛스타로 파티 할 생각 하지 말고."

괜히 행보관이라는 타이틀을 달고 있는 게 아니다.

이미 훈련병들의 얄팍한 계획 따위는 행보관도 진작 알고 있음에 틀림없다.

하지만 그럼에도 불구하고 행보관 또한 이들에게 마지막 추억을 선사해 주고 싶은 마음은 같다.

"들키지만 않게 잘해라. 이상!"

"부대 차렷!"

우매한이 행보관에게 거수경례를 하자, 마주 거수경례를 해준 행보관이 힘찬 발걸음으로 퇴장한다.

들키지만 않게 하라.

즉 해도 된다는 의미다.

간접적으로 돌려 말한 행보관에게 훈련병들은 무한한 고마움을 느끼며 점호가 끝났다는 신호를 듣게 된다.

우매한도 내일 퇴소식 준비를 위해 생활관에서 퇴장하게 되고, 이제 진정한 의미로 훈련병들의 마지막 밤이 펼쳐지게 되었다.

"야, 불침번! 복도에서 망 잘 보고 있어라!"

"알았어, 짜식들아!"

하필이면 왜 자신이 불침번 근무냐며 투덜거리는 훈련병이지만 재수가 없음을 탓하는 수밖에.

반면, 도훈과 철수는 포상 휴가까지 받았으면서 불침번 근무도 없다.

외곽 근무는 훈련이 끝나고 난 이후, 그러니까 마지막 주차에 접어들면서 외곽 근무는 없어지게 되었으니 실질적으로는 불침번 근무만 남아 있다.

생활관 내부에 불을 다 끄고 훈련병들이 침상 마루 한 공간에 자리를 잡고 옹기종기 둘러앉는다.

그리고 매트리스 위에 각각 건빵 봉지를 뜯어서 펼쳐놓는다.

도훈의 입장에서는 건플레이크라도 해먹고 싶었지만, 우유도 없을뿐더러 스푼조차 없기에 어쩔 수 없이 생 건빵을 먹어야 했다.

어차피 먹을거리도 없고 동기들과의 훈련소에서의 마지막 밤이기에 건빵 먹기 싫다며 빼기도 그렇고 해서 참가하게 되었다.

취침등의 미약한 불빛 아래 모인 훈련병들이 각자 맛스타 한 캔씩을 딴다.

"자, 그럼 우리 123번 훈련병님께서 건배 구호 한번 외쳐줘라."

"내가?"

다른 훈련병들이 도훈에게 구호 선창의 기회를 주자, 굳이 그런 것까지 할 필요가 있냐는 듯이 되묻는 도훈이다.

하지만 철수가 고개를 절레절레 흔들며 이런 도훈의 반응을 부정한다.

"원래 이런 것은 겉치레가 중요하다고. 그리고 이번 기수가 좋은 평가를 받게 된 건 너의 공이 크잖아. 모두가 다 그 사실을 알고 있으니까 그런 거야."

"……."

어이가 없다는 듯이 웃어 보인 도훈이지만, 이런 것도 나쁘진 않겠다는 생각이 들어 붉은 취침등 아래서 작은 목소리로 선창한다.

"마지막 훈련소에서의 밤을 위하여."

"위하여."

비록 큰 소리는 낼 수 없었지만 그래도 동기들끼리 건배를 할 수 있다는 사실 하나만으로도 이들에게는 너무나도 큰 축복이자 감사함으로 다가왔다.

사소한 것에서도 행복을 찾을 수 있다.

그게 바로 군대의 매력이니까.

"야, 그나저나 사격 때 어떻게 쐈기에 혼자서 만발을 맞혔냐. 요령 좀 알려주라."

졸지에 사격 요령 강의를 요청 받은 도훈이 별거 없다는 듯이 대답한다.

"니들 시력이 삐꾸라서 그런 거다. 그런 쉬운 것도 못 맞추고. 군 생활 어떻게 하려고 하냐."

"크! 역시 군대 척척박사. 태생이 다르구만유!"

"이 새끼, 대가리를 확 뽀개 버릴라."

장난 식으로 손을 확 들어올린 모션을 취한 도훈을 보자마자 훈련병 한 명이 웃으면서 반사적으로 막는 포즈를 취한다.

사실대로 말하자면 2년 동안 길러온 사격 실력이라고 말해주고 싶지만 말해줄 수 없는 게 현실이다.

아무리 훈련소에서의 마지막 밤이라 해도 자신이 2년 뒤의 미래에서 왔다고 말해봤자 믿는 이도 없을 테니까 말이다.

"아, 그것보다 나는 수류탄 훈련 때 진짜 지릴 뻔했다."

훈련병 중 다른 한 명은 이번 훈련소 때 어찌 보면 가장 최악의 사건으로 기록될 수 있던 수류탄 사건을 회상하기 시작한다.

"설마 훈련병도 아니고 조교 새끼가 수류탄으로 자살할 생각을 할 줄은 꿈에도 몰랐다니까."

"그러게. 이도훈 아니었으면 진짜 그 자리에 있던 철수하고 122번이 어찌 되었을지 모르지."

철수와 도훈, 그리고 122번은 같은 한 조로 각자 호에 들어가 수류탄 던지는 훈련을 했다.

물론 그때 철수와 122번은 호에 엎드린 상태에서 상황을 주시하고 있었기에 수류탄이 터져도 큰 사고를 면할 방도는 있었다.

하지만 정작 도훈은 그게 아니었기에 문제였다.

만약 그 자리에서 수류탄이 터졌다면 도훈은 최소 사망이
었다.

그러나 도훈은 목숨을 걸고 수류탄 사건을 깔끔하게 해결
했다.

목숨이 걸려 있기에 그만한 용기를 낼 수도 있었다.

차원관리자에게 부탁해서 해결할 수 있는 일을 도훈은 스
스로 해결한 것이다.

"그 이후부터 우리 동기들 사이에서는 영웅이라 불렸지."

"이 새끼들이. 내 손발 병신 만들려고 작정했나. 그만해라.
손발 오그라든다."

도훈이 짜증 섞인 목소리를 내뱉으며 맛스타를 한 모금 입
에 머금는다.

서로 지난 훈련에 대한 이야기를 꺼낼 무렵, 이번에는 철수
에게 화두가 돌아간다.

"넌 역시 야간 행군이 가장 기억에 남겠다."

질문을 받은 철수가 힘차게 고개를 끄덕이며 대답한다.

"그야 당연하지. 죽는 줄 알았다니까, 진짜. 게다가 122번
저 새끼 부축하고 가는데 뒤지는 줄 알았지."

그러자 122번이 여전히 붕대로 감겨 있는 발목을 살짝 감
추며 미안하다는 듯이 말한다.

"나도 니들한테 폐 끼친 거 알고 있어. 특히 도훈이한테는

더더욱. 내 군장까지 짊어지고 피눈물산 경사에 오를 때 솔직히 난 눈물 났었다고."

"뭐 그 정도 가지고."

도훈이 장난 식으로 122번의 어깨를 툭 두드린다.

야간 행군 당시에는 땀인지 눈물인지 몰랐을 테지만, 122번은 본능적으로 자신의 눈가에 맺힌 것이 전우들의 짐이 되고 있는 자신의 처지를 한탄해서 나온 눈물임을 직감적으로 알 수 있었다.

"그때는 말로 잘 표현하지 못했지만… 어쨌든 니들한테 정말 고맙다고 말해주고 싶었다."

7조 인원들이 122번 훈련병의 말에 머쓱해한다.

마지막에 가서는 모두가 122번 훈련병의 군장을 나눠서 들었다.

물론 그전까지는 도훈이 대략 한 시간 가까이 군장 두 개를 짊어지고 산행하는 진기명기를 연출했다.

그만큼 야간 행군은 고달프고 힘들었지만, 서로가 서로의 곁에서 묵묵히 걸어줬기에 한 명의 낙오자도 없이 완주할 수 있었다.

그밖에 각개전투, 그리고 폭우와 싸우며 삽 한 자루로 배수로를 까대던 야외 숙영, 마지막으로 오늘 있었던 천둥인의 밤까지.

드디어 마지막 훈련소의 밤이 저물어갈 무렵, 잠시 화장실에 갔다 오겠다며 복도로 나온 도훈은 계단에 자리를 잡고 앉았다.

인기척이 없는 공간에서 오로지 은은한 달빛의 향이 도훈의 마지막 훈련소에서의 여운을 맞이하고 있다.

그때, 익숙한 효과음과 함께 긴 흑발의 여인이 핑크색의 원피스 차림으로 도훈보다 높이 위치한 계단 위에 마주 선다.

"오늘은 기분이 별로인가 보네."

"…난 널 호출한 기억이 없는데?"

"딱히 네가 호출해야만 이 세계에 모습을 드러낸다는 그런 규칙은 없거든."

면회 이후로 오랜만에 모습을 드러낸 앨리스가 오늘은 도훈의 기분에 맞춰 촐싹맞은 자세를 자제한다.

도훈이 앨리스의 애교와 장난에 어울릴 기분이 아니리라 생각한 것이다.

"이제는 정말 마지막이라고 생각하니까 기분이 뒤숭숭해서."

도훈이 마시던 맛스타 캔을 찌그러뜨린다.

말년병장으로 지내던 시절에도 두 번 다시 이 훈련소에는 오지 않을 거라 생각했는데 예상치 못한 사건으로 인해 도훈은 여기서 훈련병의 신분으로 5주 동안 신병 훈련을 받았다.

예전에 만났던 동기들과 다시 만난 것은 그나마 훈련소에서 맞본 유일한 장점이었다고 생각했지만, 시간이 지나고 나서야 도훈은 깨달을 수 있었다.

고달팠던 기억도, 고통스러웠던 시간도 지나고 나면 전부 추억이 된다는 사실을.

"인간이라는 존재가 마음대로 시간을 조종할 수 있는 능력을 가지고 있다면 얼마나 좋을까."

앨리스가 도훈의 속마음을 대변이라도 하듯 말을 이어간다.

"그러면 네가 나한테 말해줬던 후회라는 감정을 지니지 않고 살아갈 수 있을 텐데."

"그건 달라 앨리스."

꾸겨진 맛스타 캔을 발로 지그시 밟으며 평평하게 만들던 도훈이 고개를 살짝 저으며 앨리스의 말을 부정한다.

"마음대로 시간을 되돌릴 수 있다면, 그리고 인간이 본인의 의지로 마음대로 시간여행을 떠나 자신이 원하는 최선의 결과를 낳는 형태로 과거를 바꿀 수 있다면 그건 이미 인간이 아니겠지. 왜냐하면 인간이란 존재는 그 어떠한 형태로도 과거를 통해 미래를 바꾼다 해도 언제나 후회라는 감정을 지니고 살아가는 존재니까."

"욕망이라는 것과 연결되는 거야?"

"인간의 욕망은 끝이 없어. 밑바닥 없는 독에 물을 붓는 것과 마찬가지지. 처음에는 10의 결과를 바라고 과거를 수정했다고 한들, 막상 미래가 되면 인간은 100을 원하게 되어 있어. 후회를 하기에 지나간 시간을 안타깝게 여기게 마련이고, 남은 미래를 소중하게 생각하는 법이지."

"흐음. 역시 어려운걸, 인간이라는 것은."

이제 막 인간이란 존재의 감정을 느끼기 시작한 앨리스이지만, 그것은 오로지 '연애'라는 감정에 한해서다.

연애 대상이 있기에 다른 차원관리자들보다 훨씬 많은 감정을 느낄 수 있다.

하지만 도훈이 말하는 후회라는 감정을 비롯해 욕망, 그리고 기타 세부적인 감정에 대해서는 아직 앨리스의 입장에선 쉽사리 공감할 수 없는 부분이 더 많다.

"뭐, 그런 거야."

자리에서 일어선 도훈이 은은한 달빛 향을 느끼며 작은 목소리로 자신에게 속삭이듯 말한다.

"과거에 연연하지 않고 보다 나은 미래를 만들어가는 게 이도훈님의 철칙이거든."

"그것도 군 생활 철칙 중 하나야?"

"아니."

도훈이 앨리스에게 시원스런 미소를 보여준다.

"인생의 철칙."

*　　　*　　　*

훈련소의 마지막 밤을 지새운 이들은 아침 식사를 하자마자 곧바로 짐을 꾸리는 일에 열중한다.

5주 동안 지내온 훈련소와의 이별. 간식거리를 숨겨놓는 데 일조를 한 세 번째 서랍 뒤 빈 공간도, 그리고 관물대와 지금까지 착용했던 단독군장, 침낭, 매트리스까지 전부 이들이 처음 입소할 때로 되돌려놓는다.

"영차."

123번 훈련병인 도훈과 그 뒤 번호인 철수는 거기에 더해서 총기 반납까지 맡게 되었다.

생활관 내에 배치되어 있던 임시 총기함을 행정반으로 옮긴 뒤 다시 돌아온 도훈과 철수도 다른 훈련병들과 마찬가지로 짐을 꾸리기 시작했다.

이윽고 생활관 내에 방송이 울려 퍼지기 시작한다.

"훈련병들은 전원 강당으로 집합합니다. 다시 한 번 알려드립니다. 훈련병들은 전원 강당으로 집합합니다."

"드디어 올 것이 왔구만."

철수가 결의에 가득 찬 표정으로 말한다.

훈련소에서 가장 큰 이벤트이자 어쩌면 이들의 군 생활을 한 번에 결정지을 수 있는 가장 큰 갈림길이 될 시간이 드디어 찾아오고 말았다.

이름하여 자대 배치.

요즘 자대 배치는 랜덤이라고 해서 컴퓨터를 통해서 훈련병의 이름을 입력하고 배치될 자대가 결정된다는 시스템이다.

도훈이 앞으로 생활하게 될 자대가 컴퓨터의 랜덤 시스템에 의해 결정된다는 말이다.

누구는 좋은 부대에 당첨될 수 있고, 누구는 철원, 혹은 최전방에 배치될 수도 있다.

한마디로 운이 전부인 행사.

"어디로 걸릴까."

강당으로 향하는 내내 철수는 어느 쪽 자대에 붙을지에 대한 관심밖에 없다.

물론 철수뿐만 아니라 다른 훈련병들 역시도 철수와 같은 마음이다.

비록 말로 표현하지 않았을 뿐, 이제 이들에게 남은 가장 큰 행사는 자대 배치밖에 남지 않았으니 말이다.

군 생활만 2년이 넘어가는 도훈도 이들과 같은 마음이다.

솔직히 다른 훈련 같은 경우에는 도훈의 노하우와 지식으로 충분히 해결할 수 있었다.

사격도 아주 가볍게 만발이라는 위엄 넘치는 성적을 기록하지 않았는가.

행군이나 각개전투, 그리고 야외 숙영도 재치있게 극복한 그다.

하지만 자대 배치만큼은 도훈의 지식과 경험이 전혀 통하지 않는 운적 요소로 구성되어 있다.

차원관리자의 힘을 빌린다 해도 인과율 수치가 10이 넘어가게 되면 의미가 없다.

그런고로 여기서는 도훈의 운을 시험한다 해도 과언이 아니다.

"후우."

가볍게 한숨을 내쉰 도훈과 철수, 그리고 다른 훈련병들이 거대한 모니터 화면을 송출하는 흰색 현수막을 바라본다.

"그럼 시작하겠습니다!"

사병이 마이크에 대고 드디어 엔터 버튼을 누른다.

3. 2. 1.

카운트다운이 시작되면서 화면에 로딩 화면이 돌아간 뒤에 엑셀 형태의 표가 우르르 뜨기 시작한다.

어차피 지금 이 자리에서 확인하기는 불가능하다.

생활관에 돌아가게 되면 자대 배정표가 생활관 내에 돌 것이다.

그때 확인하면 되지만 왜 이곳에 모두 모여 확인해야 하냐고 질문한다면 답변은 하나밖에 없다.

랜덤으로 돌렸다는 것을 모든 훈련병들에게 공개하기 위함이다.

고작 그 사실 하나만으로도 충분하다.

어차피 군대란 것은 보여주기식 행사가 대다수니까 말이다.

"고작 엔터 한 번 누르는 걸로 우리의 남은 군 생활이 모두 결정된다는 게 왜 이리도 허무하게 느껴지는 것일까."

철수가 한탄 아닌 한탄을 토로하며 생활관 침상 마루에 앉는다.

그건 도훈도 마찬가지다.

자신의 미래를 타인의 손가락에 맡긴다는 것도 불만스러운 사항이지만, 더불어서 고작 사소한 행동 한 번으로 군 생활이 결정된다는 건 자존심 강한 도훈의 입장에서 용납할 수 없는 일이기도 하다.

하지만 어쩌겠는가.

여기는 군대다. 하라면 해야 하는 곳.

그래서 도훈은 불평불만을 군인이라는 신분으로 잠재우고 얌전히 결과를 기다린다.

그리고 그 결과가 적힌 중요한 프린트 용지가 우매한의 손에 들려 있다.

"훈련병들, 주목합니다, 주목!"

"주목!"

"지금부터 훈련병들이 앞으로 군 생활을 보내게 될 자대 명단을 돌리도록 합니다. 앞 번호부터 천천히 보고 확인하기 바랍니다. 알겠습니까?"

"예, 알겠습니다!"

우매한이 2생활관 가장 빠른 번호에게 명단이 적혀 있는 용지를 넘긴다.

설레는 마음으로 자신이 배치 받을 부대의 명단을 확인하는 훈련병들.

어느 부대가 힘들고 어느 부대가 편한지에 대해서는 사회에서 나름 많이 들어봤는지 제각각 탄성을 자아낸다.

그리고 그 명단 용지가 드디어 122번을 거쳐 도훈에게 왔다.

꿀꺽.

절로 침을 삼키는 도훈.

아무리 군대에서는 날고 기는 말년병장이라고는 하나, 이 순간만큼은 도훈의 힘으로도 어쩔 수 없다.

시선을 돌려 천천히 자신의 이름을 확인해 보는데,

"……!!"

─이도훈. 28사단 123 포병대대.

도훈은 이루 말로 표현할 수 없는 감정을 느낄 수밖에 없었다.

123 포병대대.

이 부대는 도훈이 너무나도 아주 잘 아는 부대이기 때문이다.

155㎜ 견인곡사포 대대이며, 그리고 도훈이 지난 2년간 군 생활을 했던 바로 그 장소.

"…드디어 또 가는구나."

결국 도훈이 원하는 대로 이뤄졌다.

보고 싶은 전우들, 선임과 후임들, 그리고 도훈이 지내온 곳!

다른 부대로 떨어지면 어쩌나 조마조마했는데 결국 최상의 시나리오로 흘러가고 있다.

나름 감도에 휩싸인 도훈이 옆으로 명단을 전달하자, 철수가 작게 탄성을 자아내며 외친다.

"아싸! 도훈이랑 같은 부대다!"

"뭐?!"

자신의 부대만 확인한 도훈이 명단을 확 빼앗아 들고 재차 확인해 본다.

―김철수. 28사단 123 포병대대.

"진짜네."

있을 수 없는 일이다.

이전 차원에서는 도훈과 철수는 다른 부대로 발령이 났다.

그래서 처음 철수와 만났을 때 녀석을 떠올리는 일에 약간의 어려움을 겪었던 것이다.

하지만 이제 와서 같은 부대라니.

물론 철수와 같은 부대로 배치된 것에 대해서는 별다른 불만은 없다.

훈련소 시절부터 알고 지내던 동기와 같은 부대로 배치되면 자신의 힘든 속내를 터놓을 수 있는 동료 하나를 얻게 되는 셈이니까 말이다.

훈련소에서 고난과 역경을 같이해 온 동기일수록 그만큼 신뢰도가 쌓인다.

특히나 철수와 도훈에게는 더더욱 이런 말이 적용되는 경우다.

적어도 철수는 도훈을 믿고 의지하니까 말이다.

'결국 과거에 내가 있던 차원과 지금의 차원이 서로 다른 점 중 하나가 바로 이거란 말이지.'

대충 예상은 했으나 막상 그게 현실로 벌어지니 말로 형용할 수 없는 느낌이다.

혹시 차원관리자들이 도훈을 배려해서 일부러 부대 배치를 조작한 것일까.

하지만 있을 수 없는 일이다.

인과율 수치에 어긋나는 일이기 때문이다.

그래도 혹시나 모르는 일이니까 나중에 차원관리자를 불러 확인해 보아야겠다고 생각한 도훈은 우매한의 반응을 지켜본다.

"생활관 밖으로 나가면 각자 배치 받은 부대별로 팻말이 있을 겁니다. 그 팻말에 짐을 놓고 연병장으로 집합하기 바랍니다. 알겠습니까?"

"예, 알겠습니다!"

"연병장에서 마지막으로 퇴소식을 거행하겠습니다. 이상!"

할 말을 마친 이후에 빠르게 발걸음을 옮기는 우매한을 시작으로 이들도 빠르게 움직이기 시작한다.

이제 진짜 마지막이다.

팻말에 각자 군장과 더블백을 옮겨놓은 뒤 연병장에 집합한 훈련병들.

아니, 이제 명실공히 이등병이라는 계급장을 단 이들이기에 더 이상 훈련병이라는 표현은 어울리지 않는다.

"이게 계급장이라는 거구나."

도훈의 옆에 선 철수가 자신의 상의에 어설프게 달려 있는 이등병 마크를 보고 감회가 새롭다는 듯이 말한다.

"사회생활에서는 이등병이 좆나 찐따같이 보였는데… 이등병 하나 따려고 5주 동안 개고생을 했다니 왠지 이등병도 대단해 보인다."

"계급을 달고 안 달고의 차이니까. 어마어마한 거지."

도훈도 대충 달려 있는 이등병 계급장을 살짝 문질러 본다.

얼마 전까지만 하더라도 작대기 네 개의 병장 계급장을 달고 있던 그이지만, 이등병이라니 세상 참 어떻게 될지 모르는 일이다.

퇴소식 예행 연습을 마치고 난 뒤 본격적으로 시작된 퇴소식에 대대장이 강단으로 올라온다.

"너희는 지금 출발선상에 서 있다!"

여전히 쩌렁쩌렁한 목소리로 마이크 사용도 거부하며 목청을 한껏 높이는 대대장의 연설.

"그리고 이제 당당히 이등병으로서 각자 부대에 배치되어 이 나라를 지키기 위해 어엿한 군인으로서 최선을 다할 병사들이기도 하다! 하지만 각자 자대에 가서 본인에게 주어진 일을 충실히 행하되, 너희가 절대로 잊어서는 안 될 사실이 한 가지 있다."

대대장의 목소리가 푸른 겨울 하늘 아래 울려 퍼진다.

"이 훈련소에서 겪었던 지난 5주! 그리고 너희가 이곳 훈련소 출신이라는 사실을 평생 가슴에 새기고 자랑스럽게 살아가도록!"

호흡을 잠시 고른 대대장의 눈동자가 지금까지 함께했던 훈련병들의 모습을 하나하나 각인시키듯 바라본다.

"이 대대장은 지난 5주 동안 너희와 함께할 수 있어서 행복했다! 그리고 앞으로도 잊지 않겠다! 너희가 이 훈련소에 있었다는 것을! 증명을! 가슴에 묻고 나 역시도 내가 있어야 할 장소에서 최선을 다하겠다!"

이등병들의 눈빛 역시도 대대장의 모습을 뚫어지게 응시한다.

때로는 혹독한 지휘관이자, 때로는 자상한 아버지처럼.

"퇴소를 축하한다!"

"감사합니다!!"

새롭게 태어난 이등병들 역시 대대장의 목소리에 지지 않으려는 듯 힘껏 외친다.


그리고 드디어 마지막 작별 인사.

각자 부대에서 이등병들을 태우러 오기 위해 레토나, 혹은 5톤 트럭 등 다양한 군용 차량이 속속 훈련소 위병소를 통과해 들어오기 시작한다.

그 와중에 이등병들이 빠르게 우매한에게 달려간다.

"훈련병들! 지금 뭐하는 겁니까!"

"에이, 조교님! 헹가래 받으십시오!"

"당장 안 놓습니까!!"

"하나, 둘, 셋!"

도훈과 철수, 그리고 7조 인원이 우매한을 높이 들어 올렸다 내리는 행동을 반복한다.

졸지에 헹가래를 받게 된 우매한은 머쓱해져 이들을 혼내지만, 이미 훈련병이 아닌 이들은 그저 우매한의 말에 건성으로 대답할 뿐이다.

차례차례 각자 부대로 향하기 위해 차량에 탑승하게 되고.

"잘 있어라, 씨발 새끼들아!!"

"휴가 때 연락해라! 안 하면 작살이다!!"

7조 인원 중에서 마지막으로 남은 도훈과 철수가 남은 7조 인원을 떠나보낸다.

이제 도훈과 철수도 떠나야 할 차례가 왔다.

"그동안 감사했습니다, 행보관님."

"그래, 말년 신병. 자대 가서도 잘하고. 하기야 너 정도면 충분히 특 A급은 가능하겠다. 허허."

행보관이 인상 좋은 웃음과 함께 도훈과 철수의 어깨를 토

닦어 준다.

말년병장의 천적이지만, 그래도 가장 가까운 간부 중 하나였던 행보관.

그리고,

"123번 훈련병, 124번 훈련병, 아니, 이제 이등병이라고 불러야겠군요."

다나까 체가 아닌 말투로 이들을 부르며 다가온 우매한이 손을 내밀며 악수를 청한다.

그러자 우매한의 행동에 마주 웃어주며 악수를 받아주는 도훈.

"그동안 즐거웠습니다, 우매한 일병."

"저 또한 즐거웠습니다, 이도훈 이병."

"나중에 또다시 만날 날이 있기를."

차량에 탑승하기 시작한 철수의 뒤를 따라 도훈도 군용 트럭 뒤에 탑승한다.

점점 멀어지는 우매한의 모습에 도훈이 난데없이 소리친다.

"우매한 이 씨발 놈아!! 꼭 나중에 다시 보는 거다!!"

예상치 못한 도훈의 반말 공격이지만, 우매한은 도리어 이런 작별 인사가 도훈에게 어울린다고 생각했는지 조교모를 벗고 손을 높이 들어 마주 소리쳐 준다.

"기대하고 있으마!!"

덜컹거리는 군용 트럭이 철수와 도훈을 훈련소에서 떨어뜨려 놓기 시작한다.

첫 입소.

5주간의 추억.

그리고 또 다른 시작.

"잘 있어라, 더러운 훈련소야."

욕지거리를 내뱉는 도훈이지만, 이미 그의 시선은 희미해져 가는 훈련소의 모습에서 떠날 줄을 모른다.

『말년병장, 이등병 되다!』 3권에 계속…

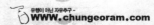

**용병귀환**
유왕 판타지 장편 소설

수십 년 전, 용병왕의 등장으로 생겨난
왕국과 용병의 세계.
평소엔 한없이 가볍지만 화나면 누구보다 무서운,
놀고먹고 싶은 그가 돌아왔다!

하지만 바람과는 달리 과거 그의 앙숙과 대륙의 판도는
도저히 그를 놓아주질 않는데…….

"용병은 그냥, 돈 받고 칼을 빌려주는 놈들이니까."

그의 용병 철학은 단순했다.

"물론, 누구에게 빌려주느냐가 문제겠지?"